「木の間の秋」下村観山（東京国立近代美術館所蔵）

新古今和歌集は古今和歌集に比べ、春の歌よりも秋の歌が圧倒的に多い。同様に夏の歌よりも冬の歌が多く入集されている。

「桜狩蒔絵硯箱」尾形光琳作（藤田美術館所蔵）
（上）蓋表（下左）硯箱（下右）蓋裏

意匠は、「またや見む交野のみ野の桜狩り花の雪散る春のあけぼの」（藤原俊成　巻第二・春歌下・一一四）の歌意によるもの。『伊勢物語』第八十二段の場面が下敷きとなっている。

ビギナーズ・クラシックス 日本の古典

新古今和歌集

小林大輔 = 編

角川文庫
14899

◆はじめに◆

新古今和歌集の時代には、才能あふれる歌人たちが次々に現れました。そして、誰もがみな、際立って個性的な歌を詠んだのです。

長い和歌の歴史を通しても、これだけ一度にスターが生まれた時代は、他にありません。新古今和歌集では、そんなスターたちの競演を、存分に楽しむことができるのです。

それだけではありません。スターが輝くには、優れた脇役が必要です。地味で一見目立たなくても、深い味わいのある歌が、新古今和歌集にはたくさん選ばれています。引き立て役のように見える歌にも、捨てがたい魅力が隠されているのです。

本書は、新古今和歌集約二千首のうち、八十首を取り上げたものです。まず和歌の本文を掲げ、現代語訳、和歌の解説という順番になっています。

どのような読み方をして下さっても構いません。でも、和歌の本文だけは、ぜひ繰り返し読んでみて下さい。意味内容だけでなく、その歌独自のリズムやイメージを、大いに味わってもらいたいと思います。それこそが、新古今和歌集の歌が持つ一番の魅力だからです。

本書がきっかけとなって、収録した以外の新古今和歌集の歌にも、皆さんの関心が広がっていくことを願っています。

平成十九年九月

小林大輔

原文は『新編国歌大観』所収の『新古今和歌集』に拠ったが、適宜表記を改めた。口に出して歌を味わうのに便利なように、原文と訳文には総ルビを付した（原文左側の片仮名ルビは現代仮名遣いを表わす）。

本書を成すにあたり、様々なアドバイスをしてくれた早稲田大学本庄高等学院の生徒諸君にお礼申します。

◆目　次◆

（ ）内は歌番号、算用数字は本書のページ数を示す。

コラム　目次

◇編集協力
・本文デザイン……代田　奨
・本文作図……須貝　稔・ライラック

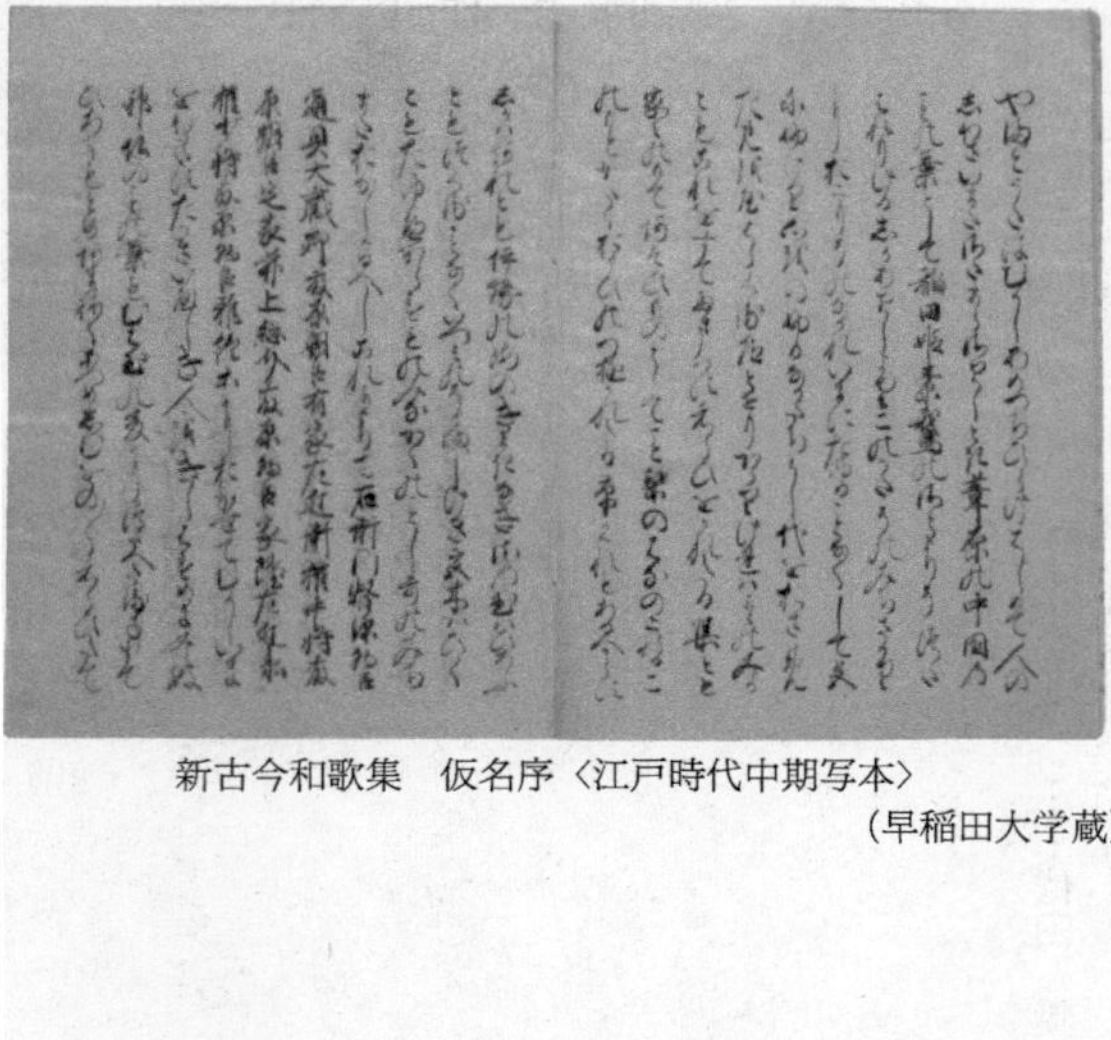

新古今和歌集　仮名序〈江戸時代中期写本〉
（早稲田大学蔵）

◆巻第一《まきのだいいち》 春歌上《はるのうたのじょう》

ほのぼのと春《はる》こそ空《そら》に来《き》にけらし天《あま》の香具山霞《かぐやまかすみ》たなびく

（二 後鳥羽院《ごとばのいん》）

ほのかに夜《よ》が明《あ》け、春《はる》はまず空《そら》にやってきたのだなあ。天《あま》の香具山《かぐやま》に、ほんのりと霞《かすみ》がたなびいているよ。

✻春の到来をテーマにした歌である。

初句の「ほのぼのと」は、夜がほのかに明けていく様子と、霞がうっすらとかかっている様子の、両方の意味で使われている。第三句の「けらし」は、この時代には、詠嘆の助動詞「けり」と同じ意味で使われていた（↓「春過ぎて」43頁）。

また、第四句の「天の香具山」は、大和国《やまと》（現在の奈良県）の歌枕である。実際の香具山は小高い丘くらいの高さしかないが、天から降ってきた山という言い伝えがあったため、当時の人々は、「神聖な高山」というイメージを持っていた。

この歌では、そうした天の香具山のイメージを、最大限に生かしている。和歌の世界では、春は霞とともにやってくるものとされていた。そして、この歌の霞は、天高くそびえ立つ天の香具山にかかっているのである。作者の後鳥羽院が、「春はまず空にやってきた」と表現したのも、このためである。

さらにもう一つ、この歌には仕掛けがある。それは、『万葉集』の巻十に収められている、次の歌を本歌にしていることである。

ひさかたの天《あめ》の香具山《かぐやま》この夕《ゆふ》べ霞《かすみ》たなびく春立《はるた》つらしも　（一八一二　人麻呂《ひとまろ》歌集《かしゆう》）

（天の香具山に、この夕方、霞がたなびいている。確かに春がやってきたらしい。）

この本歌の夕方の情景を、夜明けの場面へと移しかえることで、次第に光が満ちてくる春の明け方の様子が、いっそう鮮やかにイメージされることになるのである。

作者の後鳥羽院は、第八二代の天皇。この歌は、春を迎えた朗らかな気分を、ゆったりとしたリズムに乗せて表現している。いかにも帝王の歌にふさわしい、スケールの大きな一首である。

夕月夜《ゆふづくよ》《ユウ》潮満《しほみ》《シオ》ち来《く》らし難波江《なにはえ》《ナニワ》の蘆《あし》の若葉《わかば》に越《こ》ゆる白波《しらなみ》（二六　藤原秀能《ふじわらのひでよし》）

空《そら》には夕方《ゆうがた》の月《つき》がかかり、潮《しお》が満《み》ちてきたらしい。難波江《なにわえ》の蘆《あし》の若葉《わかば》に寄《よ》せてきて、その上《うえ》を越えてゆく白波《しらなみ》よ。

✻初句の「夕月夜」は、夕方の空にかかっている陰暦上旬の月のことをいう。満月より前の欠けた状態の月なので、その光はかすかである。

また、第三句の「難波江」は、摂津国《せっつのくに》（現在の大阪府）の歌枕である。大阪湾にあった入り江のことで、「蘆」の名所として知られていた。

この歌は、潮が満ちてきた夕方に、水辺の蘆の若葉が、次第に海水にひたされてゆく情景を詠《よ》んでいる。夕月が昇った空と、難波江の海。その広がりを背景にして、蘆の若葉を白波が越えてゆくという、細かな自然の動きが描かれる。また、夕月のうす暗い照明の中で、若葉の「青」と波の「白」とが、鮮やかなコントラストを作り出している。場面の組み立て方といい、色彩の対比の仕方といい、まるで一幅の絵画を見ているようである。

しかし、この印象的な情景は、「水郷《すいきやうの》 春望《しゆんばう》」（水辺の里の春の眺め、の意味）という歌題にもとづいて、想像の中で作り上げられたものなのである。たぶん実際には、こんな細かな動きや鮮やかな色彩を、はっきりと見分けることはできないだろう。フィクションの情景ではあるが、そのためにかえって、現実よりもいっそうリアルな感じがする。『新古今和歌集』の時代には、こうしたタイプの叙景歌がたくさん作られた。この歌は、その中でも特に優れた一首に数えられている。

蘆辺浦（紀伊国名所図会）

見渡《みわた》せば山《やま》もと霞《かす》む水無瀬川《みなせがは》（ガワ）夕《ゆふ》（ユウ）べは秋《あき》となに思《おも》ひ（イ）けむ

（三六　後鳥羽院《ごとばのいん》）

見渡《みわた》すと、霞《かすみ》がかかった山《やま》の麓《ふもと》に、水無瀬川《みなせがわ》が流《なが》れている。「夕《ゆう》べのすばらしさは秋《あき》が一番《いちばん》だ」などと、今《いま》までどうして思っていたのだろうか。

✱第三句の「水無瀬川」は、摂津国（現在の大阪府）の歌枕で、その河口付近には、後鳥羽院の水無瀬離宮があった。第二句の「山」は、離宮から川を隔てた西北の方角に見える、水無瀬山のことと考えられている。

春の夕暮れ、離宮から遠くを見渡すと、水無瀬の山や川には、一面に霞がかかっている。このすばらしい情景を前にしては、今まで「夕べは秋」という通念にとらわれていたことが、つくづく残念に思われる、というのである。通念とは、『枕草子』に代表される、「春は曙《あけぼの》、秋は夕暮れ」という考え方のことである。この歌で後鳥羽院は、伝統的なものの見方に異議を唱え、自分が新しい美を発見したことに興じているのである。

ちなみにこの歌は、水無瀬の離宮でではなく、実は都において、「水郷春望《すいきやうのしゆんばう》」という歌題で詠まれたものである。同じ時に、同じ題で詠まれた藤原秀能の歌（↓「夕月夜」17頁）と比べると、後鳥羽院の強烈な個性が、いっそう際立って感じられるだろう。

なお、『新古今和歌集』には、秋の朝のすばらしさを詠んだ、次のような歌も選ばれている。

薄霧《うすぎり》の籬《まがき》の花《はな》の朝《あさ》じめり秋《あき》は夕《ゆふ》べと誰《たれ》かいひけむ　（秋上　三四〇　藤原清輔《ふじわらのきよすけ》）

（薄《うす》い霧《きり》のかかった垣根《かきね》に咲《さ》く花《はな》が、この早朝《そうちよう》、しっとりしめっている。「秋《あき》は夕《ゆう》べが一番《いちばん》だ」などと、誰《だれ》が言《い》ったのだろうか。）

冴えた感覚がとらえた、繊細な情景である。大柄で闊達《かつたつ》な後鳥羽院の歌とは、まさに好一対といえるだろう。

春《はる》の夜《よ》の夢《ゆめ》の浮橋《うきはし》とだえして峰《みね》にわかるる横雲《よこぐも》の空《そら》（三八　藤原定家《ふじわらのさだいえ》）

春《はる》の夜《よ》の、浮《う》き橋《はし》のようにはかない夢《ゆめ》が途切《とぎ》れて、今《いま》しも目《め》にするのは、横雲《よこぐも》が峰《みね》から別《わか》れてゆく、明《あ》け方《がた》の空《そら》であるよ。

✽春の明け方の、もの憂げではかない感じ。その「感じ」を表現しようとした歌である。

和歌の世界では、春の夜に見る夢は、逢瀬《おうせ》（恋人とひそかに逢《あ》うこと）の夢をいう場合が多い。この歌でも、そうした恋の夢がイメージされている。

第二句の「浮橋」は、水の上に舟や筏《いかだ》を浮かべて作った橋のことである。不安定な感じを与えることから、夢の頼りなさや、はかなさの譬《たと》えになっている。また、「夢の浮橋」は、『源氏物語』の最終巻名でもある。そのためこの第二句には、悲しい恋の物語を思い起こさせる効果がある。

恋の気分に彩られた上句から、下句では一転して、自然の情景が詠まれている。東の空にたなびく夜明けの雲が、次第に山の頂から離れていくという、絵のように美しい場面……。

しかしこの下句も、実は単なる自然描写なのではない。明け方の雲には、中国の故事にもとづく、幻のように終わった恋のイメージが託されている。さらに、雲が峰から別れるという情景は、心変わりした恋人のイメージをも呼び起こす。次の『古今和歌集』の歌を典拠とするためである。

風《かぜ》ふけば峰《みね》にわかるる白雲《しらくも》のたえてつれなき君《きみ》が心《こころ》か　（恋二　六〇一　壬生忠岑《みぶのただみね》）

（風《かぜ》が吹《ふ》くと峰《みね》から別《わか》れてゆく白雲《しらくも》のように、すっかり離《はな》れてしまったあなたの心《こころ》であるよ。）

このように、作者である藤原定家は、古典文学にもとづくイメージを複雑に重ね合わせることで、一首全体にもの憂げな恋の気分をまとわせた。そしてその気分を通して、春の明け方の気だるくはかない「感じ」を、読者に味わわせようとしたのである。

『新古今和歌集』の時代には、季節の情緒に恋のムードを重ねて表現する歌が盛んに作られた（↓「きりぎりす」85頁）。この歌は、そうした作品を代表する一首である。

梅《むめ》《ウメ》の花匂《はなにほ》《ニオイ》ひをうつす袖《そで》の上《うへ》《ウエ》に軒《のき》もる月《つき》の影《かげ》ぞあらそふ《ウ》

（四四　藤原定家《ふじわらのさだいえ》）

梅《うめ》の花《はな》が香《かお》りを移《うつ》す私《わたし》の袖《そで》の上《うえ》に、軒先《のきさき》から漏《も》れ落《お》ちる月《つき》の光《ひかり》が、梅《うめ》の香《かお》りと争《あらそ》うかのように、映《うつ》っていることだ。

✻

『伊勢物語《いせ》』の第四段に、次のような場面がある。

正月の梅の盛りの頃、主人公の男は、とある屋敷を訪れた。そこは、一年前に姿を隠した恋人が住んでいた所である。そして、男は月が傾くまで、一晩中泣きながら、板の間に横たわって次のような歌を詠《よ》んだ。

月《つき》やあらぬ春《はる》や昔《むかし》の春《はる》ならぬ我《わ》が身《み》ひとつはもとの身《み》にして

（この月は、去年と同じ月ではないのか。この春は、去年の春と同じではないのか。私の身だけが去年のままで、他のものすべてが、変わってしまったように思える。）

作者である藤原定家は、この場面を一首の中に再現し、主人公の男になり代わることで、艶《あで》やかでドラマチックな世界を作り出したのである。物語の世界に入り込み、想像力を駆使して歌を作るこのような方法は、藤原俊成《ふじわらのとしなり》が開発し、その子の定家が発展させた、当時最先端の歌の詠み方であった（これを「物語取《ものがたりど》り」と呼ぶ）。『新古今和歌集』には、この歌に続いて、さらに次のような歌が並べられている。

梅《むめ》が香《か》に昔《むかし》を問《と》へば春《はる》の月《つき》こたへぬ影《かげ》ぞ袖《そで》にうつれる　（四五　藤原家隆《ふじわらのいえたか》）

（梅の香りに昔のことを尋《たず》ねても答えはなく、やはり答えのない春の月の光ばかりが、涙に濡れた私の袖に映《うつ》っていることだ。）

梅《むめ》の花《はな》誰《た》が袖《そで》ふれし匂《にほ》ひぞと春《はる》や昔《むかし》の月《つき》に問《と》はばや　（四六　源通具《みなもとのみちとも》）

（梅の花よ。いったい誰《だれ》の袖が触れて、こんなにも懐《なつ》かしい匂《にお》いがするのかと、昔の春と変わらない月に、尋《たず》ねたいものだ。）

梅《むめ》の花《はな》飽《あ》かぬ色香《いろか》も昔《むかし》にて同《おな》じ形見《かたみ》の春《はる》の夜《よ》の月《つき》　（四七　俊成卿女《としなりきようのむすめ》）

（梅《うめ》の花《はな》の、飽《あ》きることのない色《いろ》や香《かお》りも昔《むかし》のままで、同《おな》じように変《か》わらずに、昔《むかし》の形見《かたみ》として照っている春《はる》の夜《よ》の月《つき》よ。）

いずれも『伊勢物語』の同じ場面を踏まえた作品である。物語取りの表現が、いかに流行していたかが分かるだろう。

●本説取り

本説とは、歌の典拠となった物語や、漢詩・漢文のことをいう。本歌取り（→コラム「本歌取り」49頁）の場合の本歌を、物語や漢詩文に置き代えて考えればよい。物語の場合のことを「物語取《ものがたりど》り」、漢詩の場合のことを「漢詩取《かんしど》り」と呼ぶこともある。

よく典拠とされたのは、物語では『伊勢《いせ》物語』『源氏物語』『狭衣《さごろも》物語』、漢詩文では『文選《もんぜん》』『白氏文集《はくしぶんしゅう》《はくしもんじゅう》』『和漢朗詠集《わかんろうえいしゅう》』である。『新古今和歌集』の時代には、これらの作品も、歌人の必須の教養とされていたのである。

薄《うす》く濃《こ》き野辺《のべ》の緑《みどり》の若草《わかくさ》に跡《あと》まで見《み》ゆる雪《ゆき》のむら消《ぎ》え（七六　宮内卿《くないきよう》）

ある所《ところ》は薄《うす》く、ある所《ところ》は濃《こ》い野原《のはら》の緑色《みどりいろ》の若草《わかくさ》。その色《いろ》によって、雪《ゆき》がまだらに消《き》えていった痕跡《こんせき》までもが見《み》えることだ。

✱雪が消え残っている早春の野原を見渡すと、芽が出て間もない草の緑色に、濃いものと薄いものとがあることに気付く。色の濃い所は雪が消え、薄い所は雪が残って草を覆っているのである。そして、この草の色の違いからは、色の濃い所は早く、薄い所は遅くというふうに、雪の消え方の違いまでもが分かる、というのである。

雪が消え残る早春の野原は、和歌の世界ではおなじみの情景だった。しかし、草の色の違いに注目したのは、この歌が最初である。しかもそこから、雪の消え方の違いへと、さらにアイディアを発展させてゆくのである。この意表をついた歌の流れに、思わずハッとさせられる一首だろう。

もちろんこの歌は、単にひねりの効《き》いたアイディアだけが優れているのではない。消え残っている白い雪と、草の緑のグラデーション。この色の対比が、早春のすがすがしい感じを見事に表現しているのである。

この歌は、『千五百番歌合《うたあわせ》』のために詠まれた作品である。作者の宮内卿は、まだ十代後半の若さだった。鮮やかな色彩感覚と理知的な発想からは、早熟だった作者の、きらめくようなセンスが感じられるだろう。

歌合《うたあわせ》

歌合は、左右に分かれて歌を詠み、どちらの歌が勝ったかを競うゲームである。詠まれる歌は、題詠（→コラム「題詠」118頁）であった。題は、あらかじめ発表される場合と、その場で出される場合とがあり、前者を兼題《けんだい》または宿題《しゅくだい》といい、後者を当座題《とうざだい》といった。

また、勝負の判定をする人のことを判者《はんじゃ》と呼び、判定理由を述べた文章のことを判詞《はんし》といった。

『新古今和歌集』の時代の歌人達は、歌合の勝負に勝つために、様々な工夫を凝らして歌を作った。判者もまた、そうした歌を判定するために、みずからの理論を鍛えていった。歌合は、彼らの創作意識と批評理論を、どんどん高めていったのである。

この時代には、実にたくさんの歌合が行われた。その中でも特に有名なのが、『六百番歌合』（藤原良経《ふじわらのよしつね》の主催）と、『千五百番歌合』（後鳥羽院《ごとばのいん》の主催）である。この二つの歌合からは、百二十四首もの歌が『新古今和歌集』に選ばれている。『新古今和歌集』を代表する歌の多くが、歌合から生み出されたのである。

吉野《よしの》山《やま》去年《こぞ》のしを《オ》りの道《みち》かへ《エ》てまだ見《み》ぬ方《かた》の花《はな》を尋《たづ》《タズ》ねん（八六　西行《さいぎよう》）

この吉野《よしの》山《やま》で、去年枝《きよねんえだ》を折《お》って目印《めじるし》を付《つ》けておいた道《みち》を変《か》え、まだ見《み》ていない方面《ほうめん》の花《はな》を探《さが》しに行《ゆ》こう。

＊初句の「吉野山」は、大和《やまと》国（現在の奈良県）の歌枕である。古来、最も有名な桜の名所であった。第二句の「しをり」は、「枝折《しを》り」と書き、木の枝を折って道しるべにすることをいう。また、第五句の「花」は、桜のことである。和歌の世界では、「花」は桜の代名詞であった。

作者である西行は、去年見たのとは違う桜を見に行こうとしている。吉野山の花に対する、深い愛着がそうさせるのである。広くて奥深い吉野山の桜を、味わい尽くしたいと願っているのである。

西行の心の弾みが、そのまま伝わってくるような歌である。言葉遣いはやさしいが、歌に込められた花への思いは、かぎりなく深い。

なお、第四句の「まだ」を、「また」と解釈する考えもある（古文では濁点が使われないので、どちらであるかは読者が判断しないといけない）。その場合、「去年と同じように、今年もまた、新しい花を探しに行こう」という意味になり、未知の花を探し求める作者の姿勢が、いっそう強調されることになる。

西行にとって、吉野山の桜は、つねにあこがれの対象だった。彼は次のような歌も残している。

吉野《よしの》山梢《やまこずゑ》の花《はな》を見《み》し日《ひ》より心《こころ》は身《み》にも添《そ》はずなりにき　（山家集《さんかしゅう》　六六）

（吉野山に咲く花を遠くに見た日から、私の心は落ち着きをなくして、体からさまよい出《で》てしまった。）

西行の浮き立つような思いが伝わってくる歌である。

◆巻第二《まきのだいに》　春歌下《はるのうたのげ》

風通《かぜかよ》ふ《ウ》寝覚《ねざ》めの袖《そで》の花《はな》の香《か》にかをる《オ》枕《まくら》の春《はる》の夜《よ》の夢《ゆめ》

（一一二　俊成卿女《としなりきょうのむすめ》）

夜明《よあ》けの風《かぜ》が部屋《へや》の中《なか》に吹《ふ》いてきて、ふと目覚《めざ》めた私《わたし》の袖《そで》が、花《はな》の香《か》に薫《かお》る。そして、花《はな》の香《かお》りが漂《ただよ》う枕《まくら》で見《み》ていた、はかない春《はる》の夜《よ》の夢《ゆめ》よ。

✻恋人が訪ねて来ない夜を、一人で寂しく過ごしたその翌朝、という設定である。春の明け方、かすかに吹いてくる風の気配に目が覚める。目覚めとともに、それまで見ていた恋人との出逢《であ》いの夢も、ふと途切れる。すると、風に運ばれた花の香りが袖に薫り、枕もまた、かぐわしい花の香りに包まれていく。そして、いまだ定かでない意識のまま、漂う花の香りの中で、甘美な夢の余韻にひたっている、というのである。

第三句は、「袖が花の香りによって薫り」と、「花の香りによって薫る枕」というふうに、上下の句に掛かっている。

この歌の「夢」も、藤原定家の歌（↓「春の夜の」21頁）の場合と同じく、甘くはかない恋の夢のことを指している。また、夢とうつつのあわいを表現する点も、定家の歌と共通している。

しかし、この歌から受ける印象は、定家の歌とはかなり違う。この歌には、鮮やかな身体の感覚が表現されている。夢心地に感じる花の香りと、かすかな風。肌と匂いのこの感覚は、頭でよりも、身体によって感じ取られるものである。畳みかけるように使われる助詞の「の」も、そうした感覚を強調するのに効果を発揮している。

この歌は、『千五百番歌合』のために詠《よ》まれた作品である。歌合のテーマは「梅」であった。しかし、『新古今和歌集』には、「桜」の歌として選ばれている。梅に比べると、桜の香りはずっとかすかなものである。そのため、身体感覚の鮮やかさは弱まるかもしれないが、桜の持つ華麗なイメージが加わって、よりいっそう華やかな印象の歌となるのである。

またや見《み》ン 交野《かたの》のみ野《の》の桜狩《さくらが》り花《はな》の雪《ゆき》散《ち》る春《はる》のあけぼの

（一一四　藤原俊成《ふじわらのとしなり》）

またいつか見《み》ることがあるだろうか。交野《かたの》の狩猟場《しゆりようば》での桜狩《さくらが》りで、花《はな》が雪《ゆき》のように散《ち》り落《お》ちる、この春《はる》の明《あ》け方《がた》の景色《けしき》を。

✻第二句の「交野」は、河内国《かわち》（現在の大阪府）の歌枕で、皇室専用の狩猟場があった所である。古典文学の世界では、桜の名所として多くの作品に登場する。特に有名なのが、『伊勢物語』の第八十二段である。そこには、惟喬親王《これたか》が在原業平《ありわらのなりひら》らと狩りをして遊び、交野の別荘で桜を観賞する、という場面が描かれている。作者である藤原俊成は、その場面を下敷きにして、この歌を作ったのである。

第三句の「桜狩り」は、桜の花を探して歩くことだが、実際の「狩り」の意味も掛けられている。「狩り」は冬に野原で行われるから、「狩り」と「み野」と「雪」は縁語になる。

第四句の「花の雪散る」は、散り落ちる桜の花びらを、降る雪に譬《たと》えた表現である。落花の美しさを、たった七文字で言い表した見事なフレーズである。

また、第五句の「あけぼの」は、夜がほのかに明け始める頃のことで、春が一番春らしい趣《おもむき》を発揮する時間とされていた。

かつて、業平達が優雅な遊びを楽しんだ、交野のみ野。その場所で、この春の明け方に、桜の花びらが雪のように舞い落ちている……。

つまり俊成は、『伊勢物語』の世界を踏まえて想像をめぐらし、春の中でも、最も春らしくて美しい情景を組み立てたのである。そして、そうした情景に出会うことができた感動を、この歌に詠んだのである。

俊成がこの歌を詠んだのは、八二歳の時である。彼の年齢からすると、初句の「またや見む」には、自分の余命を考えての詠嘆が込められている、と考えることもできそうである。

華やかさの中にも、どこかしら切なさが漂う一首である。

逢坂《あふさか》《オウ》や梢《こずゑ》《コズエ》の花《はな》を吹《ふ》くからに嵐《あらし》ぞ霞《かす》む関《せき》の杉《すぎ》むら　（一一九　宮内卿《くないきよう》）

逢坂山《おうさかやま》を見ると、桜《さくら》の梢《こずえ》の花《はな》を吹《ふ》き散《ち》らすのと同時《どうじ》に、嵐《あらし》が白《しろ》く霞《かす》みわたって、関《せき》の杉林《すぎばやし》を覆《おお》い隠《かく》しているよ。

✿建仁《けんにん》元年（一二〇一）に、「関路《せきぢ》の花」という題で詠まれた歌である。作者の宮内卿は、まだ十代後半の若さだった。

初句の「逢坂」は、近江国《おうみ》（現在の滋賀県）の歌枕で、『百人一首』の蟬丸《せみまる》の歌で有名な、「逢坂の関」があった山である。第五句の「杉むら」は、杉の林のことをいう。逢坂山の杉林も、和歌の世界ではよく使われる風物であった。

逢坂山に嵐が吹いて、桜の梢（枝の先のこと）に咲く花をいっせいに散らせた。すると、霞むはずのない嵐が、白く霞んで見え始めた。もちろん、吹き散らされた花びらのためである。そして、その花びらの霞によって、逢坂の関の杉林がみるみる覆い隠されていった、というのである。

舞い散る桜の花びらが、逢坂山の広い空間を埋め尽くすという、非常に豪華な場面である。花の嵐の「白」と、その間に見え隠れする杉林の「青」とが、とても美しく印象的である。

しかし、この歌のポイントは、何と言っても第四句の「嵐ぞ霞む」という表現にある。嵐が霞むなどということは、本来はあり得ない。宮内卿は、そのあり得ないことを、鮮やかに言ってのけたのである。思わずハッとさせられるような表現だろう。

視覚的効果に優れ、しかもひねりの効《き》いた詠みぶりである。「薄く濃き」の歌（→27頁）とも共通する、いかにも宮内卿らしい一首といえる。

花《はな》は散《ち》りその色《いろ》となくながむればむなしき空《そら》に春雨《はるさめ》ぞ降《ふ》る

（一四九　式子内親王《しょくしないしんのう》）

花《はな》は散《ち》り果《は》ててしまい、特《とく》にどの色《いろ》にひかれるということもなく眺《なが》めていると、何《なに》もない大空《おおぞら》から春雨《はるさめ》が降《ふ》っているよ。

✻第二句と第三句の「その色となくながむれば」という表現は、『伊勢物語』の第四十五段に見える、次の歌を意識して詠まれている。

暮《く》れがたき夏《なつ》の日暮《ひぐ》らしながむればそのこととなく物《もの》ぞ悲《かな》しき

（なかなか日の暮《く》れない夏の日に、一日中物思《ものおも》いにふけっていると、何《なん》ということもなく物悲《ものがな》しい気持ちになるよ。）

花の彩りもないことを表現するために、「そのこと」を「その色」に変えて取り入れている。

また、第四句の「むなしき空」は、漢語の「虚空」を訓読みにしてできた言葉である。和歌には古くから詠まれていたが、『新古今和歌集』の時代頃から、盛んに使われるようになった。

不在のもの、空虚なものに対する強い関心は、この時代の和歌に見られる大きな特徴である。『新古今和歌集』には、次のような歌も選ばれている。

吉野山花《よしのやまはな》のふるさと跡絶《あとた》えてむなしき枝《えだ》に春風《はるかぜ》ぞ吹《ふ》く　（春下　一四七　藤原良経《ふじわらのよしつね》）

（花が散《ち》り落ちた吉野山の古《ふる》い都《みやこ》には、もはや訪《おとず》れる人はなく、花の無い空《むな》しい枝《えだ》には、ただ春風ばかりが吹《ふ》いている。）

やはり花が散った後のうつろな気分を詠んでいる。しかし、この「華やかな虚無」とでも言うべき良経の世界に比べると、式子内親王の歌はずっとしめやかで、潤いを感じさせるものになっている。それは、第五句に詠まれる「春雨」のためだろう。虚空を見つめる彼女の目には、音もなく降り注ぐ春雨が映っている。そして、その春雨が降る大空に向けて、彼女のうつろな気分もまた、静かに無限に広がってゆくのである。不思議な奥行きを感じさせる、式子内親王ならではの世界である。

● 式子内親王《しょくしないしんのう》

孤独で、憂いの多い生涯を送った人である。都の歌人とも、ほとんど付き合いがなかったらしい。藤原俊成・定家父子の教えと、古典文学とをひたすら学ぶことで、歌人として成長したようである。内省的で気品にあふれたその作品は、『新古今和歌集』の中でも、独自の輝きを放っている。

後の時代になると、式子と定家は秘《ひそ》かな恋愛関係にあった、とする伝説が生まれた。能の『定家』という作品は、この伝説を踏まえて作られたものである。式子も定家も、読者を魅了してやまない恋の歌を詠《よ》んでいる。それが後世の人々の想像力を刺激して、こうした伝説が生まれたのだろう。

なお、彼女の生年は、長らく不詳とされてきたが、新しい史料の発見により、久安《きゅうあん》五年（一一四九）の生まれであることが判明した。定家の一三歳年長ということになる。

暮《く》れてゆく春《はる》の湊《みなと》は知《し》らねども霞《かすみ》に落《お》つる宇治《うぢ》の柴舟《しばぶね》　（一六九　寂蓮《じやくれん》）

暮《く》れてゆく春《はる》が行《ゆ》き着《つ》く湊《みなと》は、どこにあるのか分《わ》からないけれども、霞《かすみ》の中《なか》に、落《お》ちるように流《なが》れ下《くだ》っていく、宇治川《うじがわ》の柴舟《しばぶね》よ（その行《ゆ》く先《さき》には、春《はる》の行《ゆ》き着《つ》く湊《みなと》があるのだろうか）。

✻第二句の「湊」は、川が海に流れ込む所のことで、船が停泊する場所として利用された。また、第五句の「宇治」は、山城国《やましろ》（現在の京都府）を流れる宇治川のことである。「柴舟」は、木の枝を積んで運ぶ舟をいい、宇治川の名物であった。

この歌は、次の二首を本歌にして詠まれている。

年《とし》ごとにもみぢ葉《ば》流《なが》す龍田川《たつたがは》湊《みなと》や秋《あき》の泊《と》まりなるらむ

（古今集　秋下　三一一　紀貫之《きのつらゆき》）

にな《》っているのだろうか。）

(毎年《まいとし》、紅葉《もみじ》の葉《は》を流《なが》している龍田川《たつたがわ》では、その河口《かこう》が、秋《あき》が停泊《ていはく》して、行《ゆ》き着《つ》く先《さき》になっているのだろうか。)

花《はな》は根《ね》に鳥《とり》は古巣《ふるす》に帰《かへ》るなり春《はる》の泊《と》まりを知《し》る人《ひと》ぞなき　（千載集《せんざい》　春下　一二二　崇徳院《すとくいん》）

(春《はる》が終《お》わると、花《はな》は根《ね》に、鳥《とり》は古巣《ふるす》に帰《かえ》るという。でも、春《はる》が停泊《ていはく》して行《ゆ》き着《つ》く先《さき》を知《し》る人《ひと》は、誰《だれ》もいないことだ。)

二つの本歌のうち、紀貫之の歌の「秋の泊まり」を「春の湊」に変えて取り入れ、崇徳院の歌の下句を変形して、上句へと取り込んでいる。その上で、柴舟が流れ落ちるその先に春の湊もあるのかと、推測したのである。

立ち込めた霞の中へと流れ下る柴舟を、「霞に落つる」と表現した第四句は、とりわけ鮮やかである。

霞が隔てるその先に思いをはせるという、目に見えないものに対する関心は、いかにも『新古今和歌集』の時代らしい感性を示している。

◈巻第三《まきのだいさん》　夏歌《なつのうた》

春過《はるす》ぎて夏来《なつき》にけらし白妙《しろたへ》《タエ》の衣干《ころもほ》すてふ《チョウ》天《あま》の香具山《かぐやま》

（一七五　持統天皇《じとうてんのう》）

春《はる》が過《す》ぎて、夏《なつ》がやってきたのだなあ。夏《なつ》になると、白《しろ》い衣《ころも》を干《ほ》すと言《い》い伝《つた》えられている天《あま》の香具山《かぐやま》に、今《いま》、真《ま》っ白《しろ》な衣《ころも》が干《ほ》してあるよ。

✿『百人一首』にも選ばれた歌である。

もともとは、『万葉集』の巻一（二八）に、持統天皇の作として載っている。『万葉集』には、「春過而夏来良之白妙能衣乾有天之香来山」と書かれている。これをどのように読むのか、平安時代には何通りかの説が伝えられていたらしく、『新古今和歌集』の読み方も、そのうちの一つであったと考えられる。現在『万葉集』では次のように読まれている。

春過《はるす》ぎて夏来《なつき》たるらし白妙《しろたへ》の衣干《ころもほ》したり天《あめ》の香具山《かぐやま》
（春が過《す》ぎて、夏がやって来たらしい。天《あめ》の香具山《かぐやま》に、今《いま》、真《ま》っ白《しろ》な衣《ころも》が干《ほ》してある。）

新緑の香具山と、そのふもと一帯に干された白い衣。初夏のすがすがしい風景に対する感動を、率直に詠んだ歌である。

これに対し、『新古今和歌集』の形では、目の前の風景に、天の香具山に関する言い伝えが重ね合わされたものになる。つまり、過去と現在が二重写しになるのである。『万葉集』の形に比べると、実際の体験の感動が薄れてしまうと非難されたりするが、『新古今和歌集』の時代には、むしろこうした重ね合わせのイメージにこそ、人々は強く共感したのである。

なお、第二句の「けらし」は、この時代に書かれた順徳院の著書の説明に従い、詠嘆の助動詞「けり」と同じ意味で解釈した（↓「ほのぼのと」15頁）。

むかし思《おも》ふ《ウ》草《くさ》の庵《いほり》《イオリ》の夜《よる》の雨《あめ》に涙《なみだ》な添《そ》へ《エ》そ山郭公《やまほととぎす》　（二〇一　藤原俊成《ふじわらのとしなり》）

五月雨《さみだれ》の降《ふ》る夜《よ》更《ふ》け、粗末《そまつ》な草庵《そうあん》に一人《ひとり》いて、しみじみと昔《むかし》のことを思《おも》い出《だ》している私《わたし》に、さらに悲《かな》しげな声《こえ》で鳴《な》いて、涙《なみだ》を加《くわ》えないでおくれ、山《やま》郭公《ほととぎす》よ。

✿この歌は、白居易《はくきょい》の漢詩の一節を踏まえて詠まれている。
蘭省《らんせい》の花《はな》の時《とき》の錦帳《きんちゃう》の下《もと》　盧山《ろさん》の雨《あめ》の夜《よ》の草庵《さうあん》の中《うち》　（和漢朗詠《わかんろうえい》集　山家　五五五）
（君たちは、花の咲く季節《きせつ》ともなると、朝廷《ちょうてい》の錦《にしき》のとばりの下《した》で、栄誉《えいよ》ある毎日を過《す》ごしているだろう。しかし私は、今《いま》は盧山《ろざん》にあって、雨の降《ふ》る夜《よる》などは、粗末《そまつ》な草《くさ》ぶきの庵《いおり》の中《なか》で、一人《ひとり》わびしく過《す》ごしているのだ。）

今をときめく都の友人たちと、地方の草庵に寂しく暮らす私。友と自分を対比したこの漢詩句を、作者である藤原俊成は、華やかだった昔の自分と、わび住まいをする今の自分というふうに、我が身のこととして歌に取り込んでいる。

それ以外は、かなり漢詩句の表現に忠実な歌なのだが、漢詩句の「雨」を五月雨にして、「山郭公」を新たに加えたところがこの歌の工夫といえる。なぜ第三句の「夜の雨」が五月雨になるかというと、郭公の鳴く季節に降る雨が五月雨だからである。

そして、五月雨も郭公も、和歌の世界では、人に物思いをさせるものとされていた。五月雨と郭公を取り入れたことで、この歌は、漢詩句よりも格段にしめやかな、いわば和歌ならではの趣《おもむき》をたたえた一首になったのである。

この歌は、作者の俊成が、単に自分の昔を思って涙しているわけではないし、みずからの思いを完全に消去して、白居易になり代わって詠んでいるわけでもない。俊成の意図に従えば、その両方を読み取るべきなのである。つまり、白居易の感慨と、俊成自身の懐旧の念とが、互いに重ね合わされているのである。

先行する文学作品をなかだちにしつつ、自分の思いを表現するという、俊成の手法が遺憾なく発揮された一首である。

なお、この歌を詠んだ時、俊成は六五歳。すでに出家の身であった。

うちしめりあやめぞかを《オ》る郭公《ほととぎす》鳴《な》くや五月《さつき》の雨《あめ》の夕《ゆふ》《ユウ》暮《ぐ》れ

（二二〇　藤原良経《ふじわらのよしつね》）

しっとりと空気《くうき》は湿《しめ》り気《け》を帯《お》び、菖蒲《しょうぶ》が香《かお》り高《たか》く匂《にお》うことだ。郭公《ほととぎす》が鳴《な》いている、この五月《ごがつ》の雨《あめ》の夕暮《ゆうぐ》れよ。

✻「夏」をテーマにして詠《よ》まれた歌である。

第二句の「あやめ」は、菖蒲のことで、現在「アヤメ」と呼ばれる植物とは、まったくの別種である。五月五日の端午の節句には、葉や根の芳香が邪気を追い払うとされたため、家々の軒先に飾られたりした。また、第四句と

あやめ（草花絵前集）

第五句の「五月の雨」は、文字通り五月雨のことで、現在の梅雨にあたる（なお、陰暦の五月は夏である）。

しとしと降り続く五月雨は、人を室内に閉じ込めて、何となく憂鬱《ゆううつ》な気分にさせる。そんな時、菖蒲の香りが、いちだんと強く薫ってきた。これは、湿度が高くなったことで、空気の流れが悪くなり、香りがこもってしまったためである。そして、ほの暗い夕闇の中からは、郭公の鳴き声が聞こえてきた。五月雨の夕暮れ時は、郭公が最もよく鳴く時分なのである。郭公もまた、人に物思いをさせる鳥なのであった。

肌にまとわりつくような梅雨時の湿気。夕闇に閉ざされた視界。そのためいっそう敏感に働く、嗅覚《きゆうかく》と聴覚。五月雨に降りこめられた夕暮れ時の、なま暖かくてほの暗い感じを、見事に捉《とら》えた一首である。

この歌は、『古今和歌集』に選ばれた、次の歌を本歌にして詠まれている。

郭公《ほととぎす》鳴《な》くや五月《さつき》のあやめ草《ぐさ》あやめも知《し》らぬ恋《こひ》もするかな
（恋一　四六九　よみ人しらず）

（郭公《ほととぎす》が鳴《な》く、この五月《ごがつ》の「菖蒲《あやめ》」ではないが、物事《ものごと》の「条理《あやめ》」も分《わ》からなくなるような、我《われ》を忘《わす》れた恋《こい》をすることだ。）

この本歌を下敷きにすることで、良経の歌は、もの憂《う》い恋の雰囲気をも身にまとうことになるのである。

本歌取り

有名な古歌の一部を取り入れて、新しい歌を作り出す技法である。

平安時代以後の和歌は、伝統を踏まえて詠まれるべきものとされていた。つまり、使える語句や発想に制限があったのである。当然ながら、時代が下るにつれて、どんどん新しい歌が作りにくくなっていった。伝統的であろうとすると、歌に新しさがなくなるし、無理に新しさを求めると、今度は伝統から外れてしまうのである。

ではどのようにしたら、伝統を踏まえた新しい歌が作れるのか。この課題に答えたのが、本歌取りなのである。

本歌取りは、古歌の世界を足場にして、新たな表現を作り出す技法である。つまり、盗作や剽窃《ひょうせつ》と紙一重なのである。実際、新しさが作れずに、失敗に終わった作品も数多い。

しかし、成功した場合には、それまでの歌には見られない鮮やかな効果を発揮した。古歌の世界が背景となって、複雑な奥行きのある世界を生み出すことができたのである。

『新古今和歌集』の時代には、本歌取りが盛んに試みられた。その中心的な役割を果たしたのが、藤原俊成《ふじわらのとしなり》と定家《さだいえ》の父子である。特に定家の本歌取りは、誰にも真似ができないレベルに達している。彼を超える本歌取りは、これ以後の時代にも、ついに現れることがなかったのである。

あふち《オウ》咲《さ》くそともの木陰《こかげ》露《つゆ》落《お》ちて五月雨《さみだれ》晴《は》るる風《かぜ》わたるなり

（二三四　藤原忠良《ふじわらのただよし》）

棟《おうち》の花《はな》が咲《さ》く家《いえ》の外《そと》の木陰《こかげ》には、雨《あめ》の水滴《すいてき》がこぼれ落《お》ちて、五月雨《さみだれ》が晴《は》れ上《あ》がりつつある今《いま》、風《かぜ》が吹《ふ》き渡《わた》ってゆくようだ。

✱初句の「棟《おうち》」は、センダンの古い呼び方である。五月から六月（陰暦の四、五月）にかけて、薄紫色の花を咲かせる。この花を詠んだ歌は、古くは『万葉集』に見え、さらに『枕草子』の「木の花は」の段にも、「木のさまにくげなれど、棟《あふち》の花いとをかし。」（木の様子は醜いけれど、棟《おうち》の

棟

花はとてもすてき。」と書かれている。しかし、『古今和歌集』以後の平安時代の和歌には、ほとんど詠まれることがない花であった。

この歌は、そうした珍しい素材を詠み込みつつ、五月雨が晴れ上がる瞬間のさわやかな感じを、見事に表現している。

さっと風の吹く音がして、庭先に咲く薄紫色の楝の木から、雨の水滴がぱらぱらと散り落ちた。その風は、肌にまとわりつくような、梅雨時の空気を吹き払った。そして、うっとうしく降り続いた五月雨が、今まさに上がろうとしている……。

鮮やかな花の色、したたる水滴、雨上がりのすがすがしい風。清涼感に満ちた、夏の一コマである。作者の感覚の冴えを感じさせる一首であろう。

五月闇《さつきやみ》短《みじか》き夜半《よは》のうたたねに花橘《はなたちばな》の袖《そで》に涼《すず》しき　（二四二　慈円《じえん》）

五月《ごがつ》の真《ま》っ暗《くら》な短《みじか》い夜《よる》、うたたねからふと目《め》を覚《さ》ますと、闇《やみ》の中《なか》でもはっきりと、風《かぜ》に運《はこ》ばれてきた橘《たちばな》の花《はな》の香《かお》りが、涼《すず》しげに袖《そで》に匂《にお》っている。

✿「夏」をテーマにして詠まれた歌である。

初句の「五月闇」は、陰暦五月の梅雨時の闇夜のことである。雨雲が空を覆うため、真っ暗になるのである。

第三句の「うたたね」は、うとうと仮眠をすることだが、ここは、夏の夜が短くてゆっくり寝ていられず、まるで仮眠のようになってしまうことをいう。

また、第四句の「花橘《はなたちばな》」は、橘の花のことである。柑橘《かんきつ》類の橘の花は、さわやかで瑞々《みずみず》しく、強い香りを放つ。その香りが、視界のきかない闇の中にいるために、いっそう鮮やかに感じられるのである。

直接表現されてはいないが、ここでの橘の香りは、風によって寝床の袖まで運ばれている。和歌の世界では、風が花の香りを運ぶとされたからである。だから、歌の中の人物が感じた涼しさは、実際は風によるものなのである。しかし、橘の香りに涼しさを感じるという感覚的な表現にこそ、作者である慈円の狙いがあり、工夫があったのである。

橘の香りは、「昔の人」（昔の恋人）を思い出させるものとして、歌に詠まれることが多かった。『古今和歌集』には、次のような歌が選ばれている。

五月待《さつきま》つ花橘《はなたちばな》の香《か》をかげば昔《むかし》の人《ひと》の袖《そで》の香《か》ぞする　（夏　一三九　よみ人しらず）

（郭公《ほととぎす》がやってくる五月を待《ま》って咲く橘《たちばな》の花の香《かお》りをかぐと、昔の恋人の、袖《そで》の香《かお》りが思《おも》い出《だ》されることよ。）

慈円の歌の中の人物も、あるいは「うたたね」をしながら、昔の恋人の夢を見ていたのかもしれない。

窓近《まどちか》き竹《たけ》の葉《は》すさぶ風《かぜ》の音《おと》にいと短《みじか》きうたたねの夢《ゆめ》

（二五六　式子内親王《しょくしないしんのう》）

窓《まど》の近《ちか》くに植《う》えられた竹《たけ》の葉《は》が、風《かぜ》にもてあそばれて立《た》てる音《おと》のために、それでなくても短《みじか》い夏《なつ》の夜《よる》の夢《ゆめ》が、なおいっそう短《みじか》くなってしまうよ。

✽この歌は、次の漢詩句を踏まえて詠まれている。

風《かぜ》の竹《たけ》に生《な》る夜《よ》、窓《まど》の間《あひだ》に臥《ふ》せり　（和漢朗詠集《わかんろうえいしゅう》　夏夜　一五一　白居易《はくきょい》）

（風《かぜ》が庭《にわ》の前《まえ》の竹《たけ》にそよぐ夜《よる》は、窓《まど》に近《ちか》いところで横《よこ》になって涼《すず》みます。）

上句は、ほぼ漢詩句の内容と同じである。初句の「窓」は、この時代の和歌には珍しい素材だった。当時の日本の家屋は窓がないのが普通だから、ほとんど和歌に詠まれなかったのである。

下句は、その漢詩句の情景から想像をふくらませた、この歌のオリジナルである。第五句の「うたたね」は、夏の夜がすぐ明けてしまうので、まるで仮眠をしていたように目が覚めてしまうことをいう（↓「五月闇」53頁）。

窓の近くで横になっていると、風に吹かれた竹の葉が、さらさらと音を立てる。夏の短い夜に見る夢は、ただでさえ短く終わるものなのに、その音で目が覚めて、なおさら短く感じられる、というのである。

漢詩句から和歌へと、非常にスムーズに詠み変えられている。一首の和歌として、自然で無理がないために、漢詩風のエキゾチックなイメージが、よりいっそう生きてくるのである。

漢詩的な雰囲気と、和歌らしい優美さ。その両方をあわせ持つ一首である。

よられつる野《の》も狭《せ》の草《くさ》のかげろひ《イ》て涼《すず》しく曇《くも》る夕立《ゆふだち》《ユウ》の空《そら》　（二六三　西行《さいぎよう》）

照《て》りつける日射《ひざ》しのために、よじれて細《ほそ》くなっている野原一面《のはらいちめん》の草《くさ》が、急《きゆう》に陰《かげ》って、涼《すず》しく曇《くも》りはじめた。空《そら》には夕立《ゆうだち》が近付《ちかづ》いているのだ。

✻初句の「よられつる」は、夏の強烈な太陽のために、草が乾燥して、よじれたような状態になっていることをいう。第二句の「野も狭」は、野原も狭いくらいいっぱいに、という意味である。

容赦なく照りつける夏の日射しのため、野原には、元気なくしおれた草が広がっている。すると、その草が急に陰に覆われた。夕立の雨雲が次々にわき出して、太陽を遮ったのである。そして、雲が広がるにつれて、それまでの暑さがやみ、たちまち涼しさが訪れてきた、というのである。

夕立が降る直前の涼しげな感じを、生き生きと表現した一首である。特に第四句の「涼しく曇る」は、天候の急変を鮮やかに捉《とら》えた、見事な表現である。

この歌は、後の世代の人々に強い影響を与えた。『新古今和歌集』の中心的な歌人である藤原定家と藤原家隆は、次のような歌を詠んでいる。

枯《か》れわたる軒《のき》の下草《したくさ》うちしほれ涼《すず》しく匂《にほ》ふ夕立《ゆふだち》の空《そら》　（六百番歌合　一七九　藤原定家《ふじわらのさだいえ》）

（枯《か》れたようになっている軒下《のきした》の一面《いちめん》の草《くさ》は、暑《あつ》さにしおれてしまっているが、空《そら》には涼《すず》しさの気配《けはい》が匂《にお》い立《た》った。夕立《ゆうだち》が近付《ちかづ》いているのだ。）

夏《なつ》の日《ひ》を誰《た》が住《す》む里《さと》に厭《いと》ふらむ涼《すず》しく曇《くも》る夕立《ゆふだち》の空《そら》　（六百番歌合　二八〇　藤原家隆《ふじわらのいえたか》）

（誰《だれ》が住《す》んでいる里《さと》で、暑《あつ》い夏《なつ》の日《ひ》を嫌《いや》だと思《おも》っているのだろうか。空《そら》は涼《すず》しく曇《くも》りはじめた。夕立《ゆうだち》が近付《ちかづ》いているのだ。）

西行の歌のインパクトが、いかに大きかったかが分かるだろう。

◈巻第四《まきのだいよん》　秋歌上《あきのうたのじょう》

七夕《たなばた》の門《と》渡《わた》る舟《ふね》の梶《かぢ》《カジ》の葉《は》にいく秋書《あきか》きつ露《つゆ》の玉《たま》づさ《ズ》

（三二〇　藤原俊成《ふじわらのとしなり》）

彦星《ひこぼし》が、天《あま》の川《がわ》の水路《すいろ》を渡《わた》る時《とき》に乗《の》る舟《ふね》の「楫《かじ》」ではないが、私《わたし》は「梶《かじ》」の木《こ》の葉《は》に、どれくらいの秋《あき》にわたって書《か》いてきただろうか。露《つゆ》でつづった手紙《てがみ》を。

＊初句と第二句の「七夕《たなばた》の門《と》渡《わた》る舟《ふね》の」は、第三句の「梶」を導く序詞《じょことば》である。陰暦七月七日の夜、彦星が天の川を渡って織姫に逢《あ》いに行くという、七夕伝説を踏まえて、彦星が乗る舟の「楫」（舟を漕《こ》ぐための道具）と同じ音で、植物の「梶」を引き出しているのである。第二句の「門」は、舟が通る水路のことをいう。第五句の「露の玉づさ」は、「露の玉」と「玉づさ」を掛けている。「露の玉」は、

草の上に置いた水滴のことで、「玉づさ」は手紙のことである。

七夕祭りの日には、草の露を集めた水で墨を摺《す》り、その墨で梶の葉に願い事を書いて、芸が上達したり、恋がうまくいったりすることを祈る、という風習があった。

この歌は、『後拾遺《ごしゅうい》和歌集』の次の歌を本歌にして詠まれている。

天《あま》の川門《がはと》渡《わた》る舟《ふね》の梶《かぢ》の葉《は》に思《おも》ふことをも書《か》き付《つ》くるかな　（秋上　二四二　上総乳母《かずさのめのと》）

（天《あま》の川《がわ》の水路《すいろ》を渡《わた》る舟の「楫《かじ》」ではないが、「梶《かじ》」の葉に自分の思うことを書き付《つ》けて、織姫《おりひめ》と彦星《ひこぼし》に供えることだ。）

この本歌では、七夕の日の天上の情景と、梶の葉を供える地上の風習とが、重ね合わせて表現されている。それを踏まえて、作者である藤原俊成は、自分が梶の葉をどんな気持ちで供えてきたのかという感慨を詠み加えたのである。年に一度きりの、彦星の訪れを待つ織姫。そんな可憐《かれん》な織姫に、私は毎年、まるでラブレターを送るかのように、梶の葉の手紙を供えてきた……。

七夕祭りの風習を、こんなロマンチックに詠んだ歌は他に例がない。俊成ならではの、ユニークな七夕の歌である。

萩《はぎ》が花《はな》ま袖《そで》にかけて高円《たかまと》の尾上《をのへ》《オノエ》の宮《みや》に領巾《ひれ》振《ふ》るやたれ　（三三一　顕昭《けんしよう》）

萩《はぎ》の花《はな》を袖《そで》に散《ち》らしかけて、高円《たかまど》の尾上《おのえ》の宮《みや》で領巾《ひれ》を振《ふ》っているのは、誰《だれ》なのだろう。

✻この歌は、『万葉集』の次の歌を本歌にして詠まれている。

宮人《みやひと》の袖《そで》付《つ》け衣《ごろも》秋萩《あきはぎ》に匂《にほ》ひよろしき高円《たかまと》の宮《みや》　（巻二十　四三一五　大伴家持《おおとものやかもち》）

（宮仕《みやづか》えの女官《にょかん》たちの着《き》ている長袖《ながそで》の着物《きもの》。その着物《きもの》が、秋萩《あきはぎ》の花の色を映《うつ》して、美《うつく》しい色《いろ》になっている、高円《たかまど》の宮《みや》よ。）

第三句と第四句の「高円《たかまと》の尾上《をのへ》の宮《みや》」は、この本歌にいう「高円の宮」のことである。聖武天皇が大和国《やまと》（現在の奈良県）の高円山に造営した離宮で、「尾上《をのへ》」（山の上のこと）にあったために、こう呼ばれた。萩の名所として有名だった。

第二句の「ま袖」は、左右の両方の袖のことをいう。また、第五句の「領巾《ひれ》」は、古代の女性が肩にかけて左右に垂らした、白くて細長い布のことである。これを振るのは、人との別れを惜しむ意味があった。「ま袖」も「領巾《ひれ》」も、ともに『万葉集』に使われている、古代的なニュアンスを持つ言葉である。

作者である顕昭は、本歌の「高円の宮」を見上げる場所に視点を設定して、この歌を詠んでいる。本歌の情景を、別の角度から眺めているのである。そうすることで、『万葉集』の歌のような、古代的な感じがする歌を詠もうとしたのである。

この当時、顕昭は『万葉集』を始めとする古典和歌研究の第一人者だった。『万葉集』の知識を駆使したこの歌は、自分の得意分野を生かした、いかにも顕昭らしい作品なのである。

学問に優れた顕昭だが、歌を作るのは下手だと評されていた。『新古今和歌集』の撰者《せんじゃ》である藤原定家は、なぜこの歌を選んだのかという非難に対し、「顕昭の歌の中では、これよりすぐれたものがないからだ。」と答えたという。しかしこの歌には、定家の作などともまた違った面白さがあると思われる。

寂《さび》しさはその色《いろ》としもなかりけり真木《まき》立《た》つ山《やま》の秋《あき》の夕暮《ゆふぐ》《ユウ》れ

（三六一　寂蓮《じやくれん》）

この寂《さび》しさは、特《とく》にどの色《いろ》からくるというわけでもないのだな。杉《すぎ》や檜《ひのき》が立《た》っている山《やま》の、秋《あき》の夕暮《ゆうぐ》れよ。

✻この歌は、西行の「心なき」の歌（↓66頁）、定家の「見渡せば」の歌（↓68頁）とともに、「三夕《さんせき》の歌」に数えられている。「三夕の歌」とは、秋の夕暮を詠んだ三首の名歌のことである。こう呼ばれるようになったのは、江戸時代の初め頃からという。

第二句の「その色」は、紅葉などの特定の色のことを指すが、この歌では、様子や雰囲気のことも含めて言っている。第四句の「真木」は、杉や檜などの、紅葉をしない常緑樹のことである。

秋の夕暮れ時の山。そこには常緑の木々が立っている。今が秋であることを知らせる紅葉の色もなく、山はただ、うす暗い闇につつまれているだけである。そのような、秋らしい様子が少しもない景色なのに、秋の寂しさは確かに身にしみて感じられる、というのである。

どこからやってくるのか分からない、秋の夕暮れ時の寂しさ。言葉にしにくいその感じを、鋭く捉《とら》えた一首である。

寂蓮《じゃくれん》と顕昭《けんしょう》

時代の最先端を行く歌人である寂蓮と、古典和歌研究の第一人者だった顕昭。この二人が、藤原良経《ふじわらのよしつね》の主催する『六百番歌合《うたあわせ》』で激突した。『六百番歌合』では、勝負の判定の前に、質疑応答の会議が何回かに分けて行われた。寂蓮と顕昭は、良経邸でのこの会議に必ず出席をした。そして、激しい議論を戦わせたのである。真言《しんごん》宗の寺院に属する顕昭は、独鈷《とっこ》という仏具を手に持っていた。一方の寂蓮は、鎌のように首を曲げて、論争を仕掛けていた。

良経邸の女房達は、そうした言い争いが始まるたび、「ほら、またいつもの『独鈷《とっこ》鎌首《かまくび》』よ」と言ってはやし立てたという。

以後、「独鈷鎌首」は、議論好きな歌人をいう語になった。

心《こころ》なき身《み》にもあは《ワ》れは知《し》られけり鴫《しぎ》たつ沢《さは》《サワ》の秋《あき》の夕暮《ゆふぐ》《ユウ》れ　（三六二　西行《さいぎょう》）

ものの情趣《じょうしゅ》を解《かい》さない私《わたし》のような者《もの》にも、この情景《じょうけい》の深い趣《おもむき》は、しみじみと感《かん》じられることだ。鴫《しぎ》が飛《と》び立《た》つ沢辺《さわべ》の、秋《あき》の夕暮《ゆうぐ》れよ。

✻「三夕の歌」の一首である。

『新古今和歌集』の詞書には、「題知らず」とあるだけだが、西行の個人歌集である『山家集』には、「秋、ものへまかりける道にて」と書かれている。だから、ある年の秋に、西行が都から出かけていく途中で、実際に目にした情景を詠んだ歌だと分かる。

第四句の「鴫《しぎ》」は、水辺に住み、水中の小動物を餌にする鳥のことで、「沢《さは》」は、浅く水がたまり、草が生い茂った湿地のことである。

静寂につつまれた秋の夕暮れ。沢のほとりには、餌をついばむ鴫の姿が見える。その鳴が、突然鋭い鳴き声をあげ、高い羽音を立てて飛び立っていった。あとには再び、静寂につつまれた夕暮れの沢が広がっている……。

西行は、この情景を前にして、異常な感動を覚えたのである。そして、そのように感動した自分自身に対しても、深く驚いているのである。自分は所詮《しょせん》、「心なき身」に過ぎない。それなのに、なぜこうも「あはれ」を感じてしまったのか、と。

この歌の下句の情景は、当時から高く評価され、後の時代にも大きな影響を与えた。しかし、上句に対する評価は、今も昔も人によってまちまちである。西行の友人だった藤原俊成は、どうやら評価しない方だったらしい。この歌には、作者自身の姿がはっきりと詠み込まれている。そのために、押しつけがましさのようなものを感じて、反発を覚えたのだと思われる。

しかし、西行にとっては、この上句こそが重要なのであった。彼は、下句の情景に出会った時の自分の心をこそ、この歌に詠みたかったのである。

西行は、自分自身を語ることが好きなタイプの歌人だった。この歌には、そうした彼の個性が鮮やかに表れている。

見渡《みわた》せば花《はな》も紅葉《もみぢ》《モミジ》もなかりけり浦《うら》の苫屋《とまや》の秋《あき》の夕暮《ゆふぐ》《ユウ》れ

（三六三　藤原定家《ふじわらのさだいえ》）

見渡《みわた》すと、春《はる》の花《はな》も秋《あき》の紅葉《もみじ》もないことだなあ。苫屋《とまや》が立《た》っている海辺《うみべ》の、秋《あき》の夕暮《ゆうぐ》れよ。

✻「三夕の歌」の一首である。

第二句の「花も紅葉も」は、春の桜や秋の紅葉といった、華やかなものは何も、ということである。花と紅葉を、春と秋の美の代表として言っている。第四句の「苫屋」は、植物の菅《すげ》や茅《ちがや》で屋根を作った、粗末な漁師の小屋のことである。美しい花も紅葉もない、海辺の秋の夕暮れ時。そこにはただ、粗末な小屋があるばかり……。

一見、ひたすら寂しいだけの情景を詠んだ歌に思える。しかし、作者である藤原定家は、いかにも彼らしい仕掛けを、この歌に施している。

花も紅葉もない、という打ち消し表現には、単に華やかなものがない、というだけにはとどまらない効果がある。打ち消したといっても、花と紅葉の華麗なイメージは、完全に消えることなく残る。下句の情景には、華やかさの残像が影のようにつきまとっているのである。

さらに、第二句から第四句までの表現は、実は『源氏物語』の複数の場面を踏まえて構成されているのである。花と紅葉は、「春秋《はるあき》の花紅葉《はなもみぢ》の盛《さか》りなるよりも」（春の花、秋の紅葉の盛りの頃よりも）から、苫屋は、「時々《ときどき》につけて興《きよう》さかすべき渚《なぎさ》の苫屋《とまや》」（四季折々の趣《おもむき》を盛り上げるために作られた渚の苫屋）からである。つまり、「花も紅葉もない浦の苫屋」という情景は、定家が『源氏物語』の世界に入り込み、想像をめぐらして作り出したものなのである。そのためこの歌には、『源氏物語』の雰囲気が、そこはかとなく漂うことになる。

花や紅葉の華麗なイメージと、物語の優美な雰囲気。それらを下地にして、定家は、寂しくて侘びしい秋の情景を描いたのである。

表現はシンプルなのに、複雑な奥行きを持った歌である。

鳰《にほ》の海《うみ》や月《つき》の光《ひかり》のうつろへば浪《なみ》の花《はな》にも秋《あき》は見《み》えけり

（三八九　藤原家隆《ふじわらのいえたか》）

鳰《にお》の海《うみ》よ。その水面《すいめん》に月《つき》の光《ひかり》が照《て》り映《は》えると、「秋《あき》がない」と歌《うた》われた浪《なみ》の花《はな》にも、秋《あき》の色《いろ》が見えることだ。

✻「湖辺《こへん》の月」という題で詠《よ》まれた歌である。そのため初句に、琵琶湖《びわこ》の別名である「鳰の海」が詠まれている。この呼び方は、当時はまだ珍しいものだったため、人々に新鮮な感じを与える効果があった。また、第四句の「浪の花」は、浪の白いしぶきや泡だちを花に譬《たと》えた表現である。

この歌は、『古今和歌集』の次の歌を本歌にして詠まれている。

草《くさ》も木《き》も色《いろ》かはれどもわたつうみの浪《なみ》の花《はな》にぞ秋《あき》なかりける

（秋下　二五〇　文屋康秀《ふんやのやすひで》）

（草《くさ》も木《き》も、秋《あき》になると色《いろ》が変《か》わって紅葉《こうよう》するけれども、海《うみ》の浪《なみ》の花《はな》には秋《あき》がなく、いつの季節《きせつ》も白《しろ》いままなのだな。）

作者である藤原家隆は、本歌を次のように操作して、この歌を詠んでいる。まず、場所を「わたつうみ」から「鳰の海」に変え、時間を夜に設定し、「月の光」を加えた。そして、その光が、湖の浪を白く照らし出しているとした。「月の光」は、秋が一番鮮やかだとされる。つまり、「浪の花」に白く映った月の光が、秋らしい鮮やかな色であるために、本歌で「秋なかりける」とされた「浪の花」にも、やはり秋の色が見えるのだ、と理由付けをしたのである。

本歌を知的に操作した、テクニックの目立つ歌である。しかし、夜の湖に秋の色を発見するセンスは、やはりこの時代ならではのものである。テクニックだけではない、冴えた感覚をも示した一首といえる。

忘《わす》れじな難波《なにはナニワ》の秋《あき》の夜半《よはワ》の空《そら》こと浦《うら》にすむ月《つき》は見《み》るとも

（四〇〇　宜秋門院丹後《ぎしゆうもんいんのたんご》）

決《けつ》して忘《わす》れたりしないよ。この難波《なにわ》の浦《うら》の、秋《あき》の夜中《よなか》の空《そら》を。たとえこの先《さき》、別《べつ》の浦《うら》に移《うつ》り住《す》んで、そこで澄《す》んだ月《つき》を見《み》ることになったとしても。

✻「海辺の秋の月」という題で詠まれた歌である。題に「海辺」とあるため、摂津《せっつ》国（現在の大阪府）の歌枕である、難波の浦に場所を設定した。難波の浦は、当時の都の人々には最も親しみ深い海であり、しかも風光明媚《めいび》な土地として知られていた。そのような難波の浦であるから、別の海辺で見る月よりも、なおいっそうすばらしいと感じられるのである。

この歌は、建仁元年（一二〇一）の八月十五夜に、後鳥羽院が主催した歌合《うたあわせ》で詠まれた。その時、判者《はんじゃ》であった藤原俊成は、「こと浦にすむ、珍《めづら》しくをかし」と評価した。つまり、第四句の「こと浦にすむ」という表現が、新鮮で面白いとほめているのである。確かに、現在の難波の浦の景色と、未来の別の海辺の景色とを対比するアイディアは、非常にユニークなものである。さらに、「すむ」が、「こと浦に住む」と、「澄む月は見る」との掛詞《かけことば》になっている点も、さりげなく巧みである。

作者である宜秋門院丹後は、この歌が評判を呼び、「こと浦の丹後」というニックネームで呼ばれるようになったという。

新三十六歌仙図帖「丹後」
（東京国立博物館蔵）

秋風《あきかぜ》にたなびく雲《くも》の絶《た》え間《ま》より漏《も》れ出《い》づ《ズ》る月《つき》の影《かげ》のさやけさ

（四一三　藤原顕輔《ふじわらのあきすけ》）

秋風《あきかぜ》に吹《ふ》かれて、たなびいている雲《くも》の切《き》れ間《ま》から、漏《も》れ出《で》てくる月《つき》の光《ひかり》の、なんと明《あか》るく清《きよ》らかなことよ。

✽『百人一首』にも選ばれた歌である。

秋風が吹き、横になびいた雲が、次々に空を流れてゆく。その雲が、ふと途切れる。すると、雲の切れ間からさっと月の光が射してくる。澄みきったその明るさに、思わず息を飲む、というのである。

月の光の一瞬の印象を、鮮やかに切り取った歌である。上句から下句へと、一気に詠み下された言葉の連なりが、その印象を見事にかたどっている。明るくさわやかで、心地よい歌である。

ただ、そうした中にも、ほんのわずかな寂しさを感じ取ることができる。それは、この歌の月の光が、雲の間から漏れてきているためである。何にも遮られない満月の光ではなく、それまで雲に隠れていた月の光。それがこの歌に、わずかな陰りを与えているのである。

この歌は、『新古今和歌集』の時代よりも、かなり前に詠まれている。しかし、華やかさの中に一抹の陰りを感じ取るセンスは、むしろ『新古今和歌集』の時代にこそ好まれたものであった。

◆巻第五《まきのだいご》　秋歌下《あきのうたのげ》

下《した》紅葉《もみぢ》《モミジ》かつ散《ち》る山《やま》の夕《ゆふ》《ユウ》時雨《しぐれ》濡《ぬ》れてやひとり鹿《しか》の鳴《な》くらむ《ン》

（四三七　藤原家隆《ふじわらのいえたか》）

山《やま》に降《ふ》った夕方《ゆうがた》の時雨《しぐれ》によって、下葉《したば》が紅葉《こうよう》する一方《いっぽう》で、早《はや》くも散《ち》り始《はじ》めている。その時雨《しぐれ》に濡《ぬ》れながら、ひとりたたずむ鹿《しか》が、妻《つま》を恋《こ》い慕《した》って鳴《な》いているのだろうか。

✻「夕べの鹿」という題で詠《よ》まれた歌である。

和歌の世界の鹿は、オスの鹿が、妻であるメスの鹿を求めて鳴き、その鳴き声は、秋のあわれ深さを感じさせるものとされた。

初句の「下紅葉」は、木々の下の方の葉のことである。いち早く紅葉し、散り落ちるものと考えられていた。また、第三句の「時雨」は、晩秋から初冬にかけて降るにわか雨のことで、木の葉を紅葉させたり、散らせたりするものとされた。第二句の「かつ」は、「その一方ですぐに」の意味である。

人が住む里よりも、山では一足先に時雨が降る。その時雨で木々の下葉が紅葉し、あるものは早くも散り始めている。そのような時に、妻を求める鹿の鳴き声が聞こえてきた。そこで思ったのである。今ごろあの鹿は、ひとり時雨に濡れながら、寂しく立ち尽くしているのだろうか、と。

夕暮れ、紅葉、時雨、そして鹿の鳴き声。これらはみな、秋の趣《おもむき》を歌に詠む時の、定番の素材である。そうした素材を、これでもか、と詰め込みながら、きちんと心のこもった一首に仕上がっている。それは、鹿を擬人化した、「濡れてやひとり」という第四句の表現によるところが大きい。この句からは、オス鹿の寂しげな姿とともに、その孤独な心も読み取ることができる。そして、そのような鹿に思いを寄せる作者の心もまた、この句には込められているのである。

この歌は、後鳥羽院の特別の命令によって、『新古今和歌集』の秋下の巻頭に追加された。それぞれの巻の初めと終わりには、特に重要な歌が配置される。後鳥羽院は、それほど高くこの歌を評価したのである。

●藤原家隆《ふじわらのいえたか》

藤原定家とともに、いわゆる「新古今歌風」を推進した立役者である。

彼らの新しいスタイルの歌は、当初は「新儀《しんぎ》非拠《ひきょ》の達磨歌《だるまうた》」(伝統を踏まえていない難解な歌)という非難を浴びていたが、やがて後鳥羽院《ごとばのいん》に認められ、一世を風靡《ふうび》することとなった。

その中心にいたのが、家隆と定家である。この時期の彼らの活躍は実に華々しい。『新古今和歌集』の撰者《せんじゃ》にも、二人して名を連ねている。

しかし、承久《じょうきゅう》の乱(一二二一年)の後、二人の立場は微妙な食い違いを見せてゆく。後鳥羽院との関係を絶ち、歌壇の第一人者として君臨する定家。一方の家隆は、秘かに隠岐島《おきのしま》の院と連絡を取り続け、院への忠誠を守り通したのである。

嘉禎《かてい》三年(一二三七)、定家より四年早く、八〇歳で没した。その最期は、安らかなものであったと伝えられている。

み吉野《よしの》の山《やま》の秋風《あきかぜ》さ夜《よ》ふけてふるさと寒《さむ》く衣《ころも》打《う》つなり

（四八三　藤原雅経《ふじわらのまさつね》）

吉野山《よしのやま》の秋風《あきかぜ》は、夜《よ》が更《ふ》けていっそう寒《さむ》く吹《ふ》き下《お》ろし、肌寒《はださむ》い吉野《よしの》の里《さと》には、衣《ころも》を打《う》つ砧《きぬた》の音《おと》が、寒々《さむざむ》と聞《き》こえてくるよ。

＊『百人一首』にも選ばれた、藤原雅経の代表作である。

第四句の「ふるさと」は、昔の都の意味である。この歌では、大和国《やまと》（現在の奈良県）の歌枕で、古代に離宮があった、吉野の里のことを言っている。

また、第五句の「衣打つ」は、擣衣《とうい》のことである。擣衣とは、布を砧（木や石でできた台）にのせて槌《つち》で打ち、艶《つや》を出して柔らかくする作業をいう。晩秋の寂しさを表す素材として、『新古今和歌集』の頃から歌に詠まれるようになった。

この歌は、『古今和歌集』に選ばれた、次の歌を本歌にして詠まれている。

み吉野《よしの》の山《やま》の白雪《しらゆき》積《つ》もるらしふるさと寒《さむ》くなりまさるなり（冬　三二五　坂上《さかのうえの》是則《これのり》）
（吉野山には白雪《しらゆき》が積《つ》もっているらしい。この奈良《なら》の古《ふる》い都《みやこ》にも、いちだんと寒さがつのってきたよ。）

作者である藤原雅経は、冬の歌であるこの本歌を、秋の歌に変えて取り入れたのである。

吉野山から吹き下ろす、冷たい秋の風。その風が、人気《ひとけ》のない夜更けの里に、砧の音を運んでくる。辺りの大気が冷たく澄んでいるため、砧の音がはっきりと耳に届く。そして、それがいっそう秋の夜寒《よさむ》を募らせる、というのである。

風の音と、砧の音。雅経は、聴覚によって本歌の世界を捉《とら》えなおし、しみじみとした晩秋の寂しさを表現した。巧みな本歌取りによって作られた、味わい深い歌である。

村雨《むらさめ》の露《つゆ》もまだひぬ真木《まき》の葉《は》に霧立《きりた》ちのぼる秋《あき》の夕暮《ゆふぐ》《ユウ》れ

（四九一　寂蓮《じやくれん》）

今《いま》しがたの激《はげ》しい通《とお》り雨《あめ》が残《のこ》した水滴《すいてき》も、まだ乾《かわ》いていない真木《まき》の葉《は》の辺《あた》りに、白々《しらじら》とした霧《きり》が立《た》ち昇《のぼ》ってくる、秋《あき》の夕暮《ゆうぐ》れよ。

✿『百人一首』にも選ばれた歌である。

初句の「村雨」は、急に激しく降っては止む、にわか雨のことである。秋の風物として歌に詠まれることが多い。

第三句の「真木」は、深い山にある、杉や檜《ひのき》などの常緑樹のことである。また、第四句の「霧」は、自然現象としては「霞」と同じだが、和歌の世界では、春は「霞」、秋は「霧」と、季節によって使い分けられた。

夕暮れのかすかな光を残し、辺りは闇につつまれようとしている。ついさっきまで降っていた雨が止み、山の木々の葉の上には、雨の滴が露となって光っている。その露を隠すように、霧が谷間から立ち昇り、音もなく山全体を覆ってゆく……。緑の葉の上の露から、山全体にかかる白い霧へと、視点が移動するにつれて、景色も広がってゆく。それによって、静かに、しかし急激に変化する自然の動きが、鮮やかに表現されるのである。どこまでも広がっていくような静寂感と、しみとおるような寂しさをたたえた、忘れがたい印象を残す一首である。

寂蓮には、この歌と同じく、「真木立つ山の秋の夕暮れ」を詠んだ歌（↓63頁）がある。その歌では、言葉にできない寂しさを感じさせる情景が、固定した視点から描かれていた。それに対してこの歌では、静寂の中での動きが、視点の移動を通して捉《とら》えられている。同じ作者の、同じ素材を用いた歌でありながら、表現された世界はまったく異なっているのである。どちらも、『新古今和歌集』を代表する優れた歌である。

霜《しも》を待《ま》つ籬《まがき》の菊《きく》の宵《よひ》《ヨイ》の間《ま》に置《お》きまよふ《ウ》色《いろ》は山《やま》の端《は》の月《つき》

（五〇七　宮内卿《くないきょう》）

霜《しも》が降《お》りるのを待《ま》っている垣根《かきね》の白菊《しらぎく》。その白菊《しらぎく》の花《はな》の、まだ宵《よい》のうちに霜《しも》が置《お》いたのかと迷《まよ》わせる白《しろ》い色《いろ》は、山《やま》の端《は》の月《つき》の光《ひかり》が映《うつ》ったものだったよ。

✻「菊の籬《まがき》の月」という題で詠まれた歌である。白い菊と白い霜を見間違えるというアイディアは、『古今和歌集』の次の歌から取り入れられている。

心《こころ》あてに折《を》らばや折《を》らむ初霜《はつしも》の置《お》きまどはせる白菊《しらぎく》の花《はな》

（秋下　二七七　凡河内躬恒《おおしこうちのみつね》）

（あてずっぽうに、折《お》ってみるなら折《お》ってみようか。

白《しろ》い初霜《はつしも》が置《お》いて、どれがどれだか分《わ》からなくさせている、白菊《しらぎく》の花《はな》を。）

また、和歌の世界では、霜のために枯れて、紫に色変わりする白菊を、美しいものとして観賞する伝統があった。それを踏まえて、この歌では、菊みずからが霜を待っていると擬人化して表現したのである。

そして、菊に置いたその霜は、実はよく見れば、白い月の光なのであった。この、霜と月光を見間違えるというアイディアも、すでに次のように詠まれている。

さえわたる光《ひかり》を霜《しも》にまがへてや月《つき》にうつろふ白菊《しらぎく》の花《はな》　（千載集　秋下　三五〇　藤原家隆《ふじわらのいえたか》）
（辺り一面《いちめん》を照《て》らす、澄《す》んだ白《しろ》い光《ひかり》を霜《しも》と見間違《みまちが》えたのか、月《つき》の光《ひかり》を映《うつ》して色変《いろが》わりする、白菊《しらぎく》の花《はな》よ。）

このように、作者である宮内卿は、和歌の伝統をきちんと踏まえた上で、白い菊と白い月の光、そして幻想の世界の白い霜と、白のイメージをいくつも重ねて表現したのである。

テストの模範解答のように、的確にポイントを押さえて作られた歌である。

きりぎりす鳴《な》くや霜夜《しもよ》のさむしろに衣《ころも》かたしきひとりかも寝《ね》む《ン》

（五一八　藤原良経《ふじわらのよしつね》）

心細《こころぼそ》くこおろぎが鳴《な》く、霜《しも》の降《ふ》る寒《さむ》い夜《よ》の寝床《ねどこ》に、私《わたし》は衣《ころも》の片方《かたほう》の袖《そで》だけを敷《し》いて、一人《ひとり》で寂《さび》しく寝《ね》るのだろうか。

＊『百人一首』にも選ばれた歌である。

初句の「きりぎりす」は、現在のコオロギのことである。その鳴き声は、秋の悲しみをかきたてるものとされた。寝床でコオロギが鳴くという発想は、中国最古の詩集である『詩経』を典拠にしている。

第三句の「さむしろ」は、寝床などに敷く筵《むしろ》のことで、ここでは「寒し」との掛詞《かけことば》になっている。ま

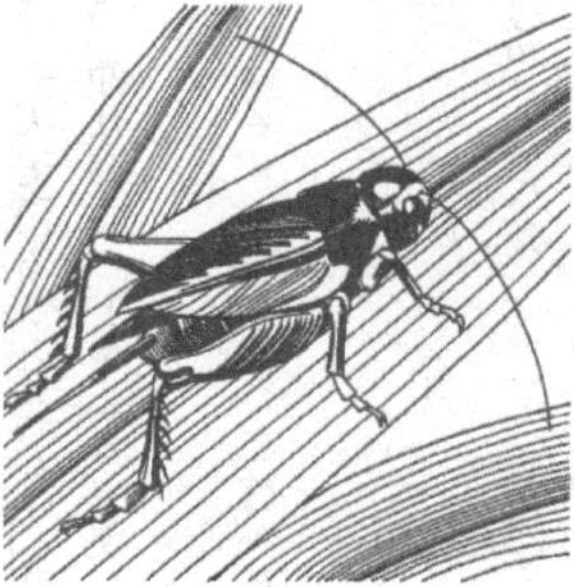

た、第四句の「衣かたしき」は、自分の衣だけを敷いて、一人で寝ることをいう。昔は男女が一緒に寝る時に、二人の衣を重ねて敷いたので、独り寝のことをこう表現したのである。

この歌の第三句以下は、複数の和歌を踏まえて詠まれている。まず、次の二首が挙げられる。

さむしろに衣《ころも》かたしき今宵《こよひ》も我《われ》を待《ま》つらむ宇治《うぢ》の橋姫《はしひめ》
（古今集　恋四　六八九　よみ人しらず）

（粗末《そまつ》な筵《むしろ》の寝床《ねどこ》の上《うえ》に、衣《ころも》の片方《かたほう》の袖《そで》だけを敷《し》いて、今夜《こんや》も私《わたし》が訪《たず》ねるのを待《ま》っているのだろうか、宇治《うじ》の橋姫《はしひめ》は。）

足引《あしひ》きの山鳥《やまどり》の尾《を》のしだり尾《を》の長々《ながなが》し夜《よ》をひとりかも寝《ね》む
（拾遺集　恋三　七七八　柿本人麻呂）

（山鳥《やまどり》の長《なが》くたれさがった尾《お》のような、長《なが》い長《なが》い秋《あき》の夜《よ》を、恋《こい》しいあの人《ひと》と逢《あ》うこともできず、一人寂《ひとりさび》しく寝《ね》るのだろうか。）

さらに、『伊勢物語』第六十三段の次の歌も、作者である藤原良経は、意識していたかもしれない。

さむしろに衣《ころも》かたしき今宵《こよひ》も や恋《こひ》しき人に逢《あ》はでのみ寝《ね》む

（粗末《そまつ》な筵《むしろ》の寝床《ねどこ》の上《うえ》に、衣《ころも》の片方《かたほう》の袖《そで》だけを敷《し》いて、今夜《こんや》も恋《こい》しいあの人《ひと》に逢《あ》うことができず、一人寂《ひとりさび》しく寝《ね》るのだろうか。）

これらの歌は、いずれも恋人のいない独り寝の嘆きを詠んでいる。良経は、寂しくて人恋しい秋の夜の情感を、こうした恋の気分を取り入れることによって表現したのである。

先行する文学作品を踏まえ、季節の情趣に恋のムードを重ねて表現すること。これは、『新古今和歌集』の時代に開発された、最先端の歌の詠み方であった（↓「春の夜の」21頁）。この歌は、そうした作品の中でも、最もハイレベルな成果を示す一首である。

桐《きり》の葉《は》も踏《ふ》み分《わ》けがたくなりにけり必《かなら》ず人《ひと》を待《ま》つとなけれど

（五三四　式子内親王《しょくしないしんのう》）

桐《きり》の落《お》ち葉《ば》も、踏《ふ》み分《わ》けて通《とお》りにくいくらい、庭一面《にわいちめん》に深《ふか》く積《つ》もってしまった。必《かなら》ずしも誰《だれ》かの訪《おとず》れを待《ま》っているわけではないけれど。

＊晩秋の寂しさと、人恋しさをテーマにした歌である。人の訪れが無くて庭が荒れる、という発想は、『古今和歌集』の次の歌から取り入れられている。

我《わ》が宿《やど》は道《みち》もなきまで荒《あ》れにけりつれなき人《ひと》を待《ま》つとせし間《ま》に

（恋五　七七〇　遍昭《へんじょう》）

（私《わたし》の家《いえ》の庭《にわ》は、草《くさ》が茂《しげ》って、道《みち》も見《み》えなくなるくらい荒《あ》れてしまった。あの薄情《はくじょう》な人《ひと》を待《ま》っているうちに。）

また、桐の落ち葉が庭を埋める、という表現も、次の漢詩句を踏まえている。

秋《あき》の庭《には》は掃《はら》はず藤杖《とうぢやう》に携《たづさ》はりて　閑《しづ》かに梧桐《ごとう》の黄葉《くわうえふ》を踏《ふ》んで行《あり》く

（和漢朗詠《わかんろうえい》集　落葉　三〇九　白居易《はくきょい》）

（世間《せけん》から離《はな》れて暮《く》らす私《わたし》を、誰《だれ》も訪《たず》ねては来《こ》ないので、落《お》ち葉《ば》が散《ち》り敷《し》いた晩秋《ばんしゅう》の庭《にわ》を掃除《そうじ》することもなく、藤《ふじ》の枝《えだ》で作《つく》った杖《つえ》をついて、静《しず》かに梧桐《ごとう》の落《お》ち葉《ば》の上《うえ》を歩《ある》きまわる。）

きり（草木図説）

作者である式子内親王《しょくしないしんのう》は、先行する和歌や漢詩句を思い浮かべて歌を作っているうちに、心にわだかまっていた、自分自身の孤独を見つめてしまったのである。そう、私は無意識に、誰かの訪れを待っていたのだ、と。

まるで、ふと口をついて出た、ため息のような歌である。

◆巻第六《まきのだいろく》 冬歌《ふゆのうた》

起《お》き明《あ》かす秋《あき》の別《わか》れの袖《そで》の露霜《つゆしも》こそ結《むす》べ冬《ふゆ》や来《き》ぬらん

（五五一 藤原俊成《ふじわらのとしなり》）

起《お》きたままで夜《よ》を明《あ》かし、秋《あき》との別《わか》れを惜《お》しんで袖《そで》に流《なが》した涙《なみだ》の露《つゆ》が、今朝《けさ》はもう霜《しも》となって氷《こお》っている。冬《ふゆ》が来《き》たのだろうか。

✻『新古今和歌集』の詞書《ことばがき》には、初冬をテーマにして詠んだと書かれているが、内容的には、冬になった日のことを詠んでいる。

初句の「起き」には、「置き」が掛けられている。露が降りることを「置く」というので、「置き」と第三句の「露」は縁語になる。また、その「露」は、秋の風物である本物の露（水滴）と、涙の露の両方の意味で使われている。

昔の暦では、九月の最後の日に秋が終わり、十月一日から冬になるとされていた。

この歌は、その十月一日の朝のことを詠んでいる。

趣《おもむき》豊かな秋との別れを惜しんで徹夜した、その翌朝。辺りにはもう、白い霜が降りている。昨夜、袖に流した涙の露も、氷りついて霜になってしまった。その様子を見ると、季節が冬へと移り変わったことが確かに感じられる、というのである。

和歌の世界では、露が氷って固まることで、霜ができるとされていた。実際の霜は、大気中の水蒸気が氷ってできるものだから、涙の露が霜に変わるなどということはあり得ない。作者である藤原俊成は、現実とは違う、和歌特有のイメージの世界で想像をめぐらして、この歌を詠んだのである。

しかし、そうしたフィクションのために、季節の移り変わるその時の感じが、かえって印象深く迫ってくる。フィクションだからこそ表現できた、冬到来の実感である。

本意

『新古今和歌集』の時代になると、和歌に詠《よ》める事物も、その事物をどう扱うかということも、かなり厳しく決められていた。その決まりのことを、「本意」と呼ぶ（「ほんい」とも「ほい」とも読まれる）。

例えば、富士山には必ず煙が立っている、と詠まなければならなかった。それが最も富士山らしいと考えられたからである。

また、恋の歌では、辛《つら》さに耐えて、ひたむきに恋し続ける心を詠まなければならなかった。そうしないと、恋の歌らしく感じられなかったのである。

こうした本意は、和歌の歴史を通して、次第に固定されていった。そして、様々な事物の本意が蓄積され、互いに関係付けられて、やがて本意の体系が形作られた。

この時代の歌人達は、現実の事物を歌に詠んでいたわけではなく、仮想現実とでも言うべき本意の体系に目を向けて、歌を作っていたのである。

この点を押さえておくことが、『新古今和歌集』の歌を読む時の一番のコツである。

移《うつ》りゆく雲《くも》に嵐《あらし》の声《こゑ》《コエ》すなり散《ち》るか正木《まさき》の葛城《かづらき》《カズラキ》の山《やま》（五六一　藤原雅経《ふじわらのまさつね》）

飛《と》ぶように空《そら》を流《なが》れてゆく雲《くも》の中《なか》に、嵐《あらし》の音《おと》が聞《き》こえるようだ。この嵐《あらし》のせいで、美《うつく》しく紅葉《こうよう》した正木《まさき》のかずらは、今《いま》ごろ散《ち》っているのだろうか、ここ葛城山《かずらきやま》では。

✿後鳥羽院が主催する歌合で、「落葉」という題で詠まれた歌である。

作者は今、葛城山《かずらき》のふもとにいる、という設定である。

上句は、雲の中に嵐の音がこもっているように聞こえる、ということである。実際に聞こえているのは、近くの木々などに吹きつける嵐の音なのだが、すごい勢いで運ばれてゆく雲の様子を見ると、まるで雲の中から嵐の音が聞こえてくるように感じられる、というのである。第三句の「なり」は、音にもとづく推定の助動詞である。

下句は、今ごろその嵐が、葛城山の上にある正木のかずらを散らしているのだろうか、という想像である。「正木のかづら」と「葛城《かづらき》の山」が掛詞になっている。「正木のかづら」は、テイカカズラという蔓《つる》植物のこととされ、美しく色付く紅葉が好んで詠まれた。また、「葛城の山」は、大和国《やまと》（現在の奈良県）の歌枕である。

歌合では、特に下句が、「歌のたけ、及びがたく聞こゆ。」（歌の格調が高く、とてもかなわないくらい優れて聞こえる。）と、高く評価された。確かに下句は、調子の強い、印象鮮やかな表現である。しかし、嵐の激しさを、雲にこもった音によって表した上句も、下句と釣り合うだけの強さを持っている。

『新古今和歌集』の時代には、こうした強い感じがする歌も盛んに作られた。この歌は、その代表的な一首である。

ていかかづら
（植物名実図考）

鵲《かささぎ》の渡《わた》せる橋《はし》に置《お》く霜《しも》の白《しろ》きを見《み》れば夜《よ》ぞふけにける

（六二〇　大伴家持《おおとものやかもち》）

鵲《かささぎ》が架《か》けたと伝《つた》えられる橋《はし》の上《うえ》に降《お》りた霜《しも》が、いかにも白々《しらじら》と冴《さ》えているのを見《み》ると、天上《てんじょう》の夜《よる》は、もうすっかり更《ふ》けてしまったのだな。

✿『百人一首』にも選ばれた、大伴家持の有名な歌である。しかし、本当の作者は、家持よりも後の時代の人であるらしい。それが家持の作と伝えられたために、『新古今和歌集』や『百人一首』には、家持の歌として選ばれたのである。

初句と第二句の「鵲の渡せる橋」は、中国の伝説にもとづく表現である。陰暦七月七日の七夕の夜、鵲という鳥が、天の川に翼を並べて橋を架ける。その橋を渡って、彦星と織姫が出逢《であ》う、という伝説である。

作者は、冬の夜空に白く輝く天の川を見て、天上の世界の出来事を想像しているのである。あの白々とした天の川には、そういえば七夕の夜、鵲が橋を架けて彦星を渡したんだっけ。今やその橋が、あんなに白く輝いて見えるのは、きっと夜が更けて、真っ白な霜が置いているせいなのだろう、と。

冬の夜の冴えた美しさ、ロマンチックな七夕伝説、さらに天上世界の神秘的な雰囲気。これらが重なり合い、幻想的で壮麗なイメージをかきたてる。『新古今和歌集』の撰者たちは、この歌を非常に高く評価したのだが、確かに彼らの好みに合いそうなムードを持った歌である。

なお、江戸時代以後、「鵲の渡せる橋」を、宮中の御階《みはし》（階段）と考える説もあったが、現在は否定されている。やはりこの歌は、七夕伝説を踏まえた上で、冬の夜空に白く輝く天の川を詠んだもの、と理解するべきだろう。

寂《さび》しさにたへ《エ》たる人《ひと》のまたもあれな庵《いほり》《イオリ》ならべむ《ン》冬《ふゆ》の山里《やまざと》

（六二七　西行《さいぎょう》）

このような寂《さび》しさに耐《た》えている人《ひと》が、ほかにもいたらいいのにな。そうしたら、一緒《いっしょ》に庵《いおり》を並《なら》べようと思《おも》う。この冬《ふゆ》の山里《やまざと》で。

✻作者である西行は、世俗の世界を逃れて出家をし、粗末な小屋を建てて、冬の山里に暮らしている。冬の山里は、『古今和歌集』の歌で、次のように詠まれている。

山里《やまざと》は冬《ふゆ》ぞ寂《さび》しさまさりける人目《ひとめ》も草《くさ》もかれぬと思《おも》へば　（冬　三一五　源宗于《みなもとのむねゆき》）

（山里はいつも寂しいが、冬はいっそう寂しさがつのることだ。人も遠《とお》ざかり、草も枯《か》れ果《は》ててしまうことを思うと。）

人の気配がすっかり途絶えてしまう、冬の山里。西行は、そんな場所で一人、身にしみるような寂しさに耐えているのである。

そして思ったのである。自分と同じように、進んで寂しさに耐えようとする人がいたならば、庵を並べてこの地で暮らしたい。そうしたら、世俗を逃れた者同士の心を、互いに分かり合うことができるだろうに、と。

この歌には、出家した者が味わう、孤独で厳しい生活の様子が詠まれている。しかし、そのような生活は、俗世間から自由であることの証しなのでもある。この歌には、出家した身であることの、一種の誇りやすがすがしさも表現されているのである。

西行が求めているのは、そうした厳しさと解放感を、ともに語り合うことができる友なのである。心の友を求める西行の思いが、率直に表現された歌である。

志賀《しが》の浦《うら》や遠《とほ》《トオ》ざかりゆく波間《なみま》より氷《こほ》《コオ》りて出《い》《ズ》づる有明《ありあけ》の月《つき》

（六三九　藤原家隆《ふじわらのいえたか》）

志賀《しが》の浦《うら》よ。夜《よ》が更《ふ》けるにつれ、水際《みずぎわ》から次第《しだい》に氷《こお》り、だんだん沖《おき》の方《ほう》へと遠《とお》ざかってゆく波《なみ》の間《あいだ》から、冷《ひ》え冷《び》えと氷《こお》りついて昇《のぼ》ってくる、明《あ》け方《がた》の月《つき》よ。

✻「湖上の冬の月」という題で詠まれた歌である。

作者である藤原家隆は、『後拾遺和歌集』の次の歌を踏まえて、場所を「志賀の浦」（琵琶湖の西南部）に設定した。

小夜《さよ》ふくるままに汀《みぎは》や氷《こほ》るらむ遠《とほ》ざかりゆく志賀《しが》の浦波《うらなみ》　（冬　四一九　快覚《かいかく》）

（夜《よ》が更《ふ》けるにつれ、水際《みずぎわ》から氷《こお》ってゆくのだろうか。次第に沖《おき》へと遠《とお》ざかってゆく、志賀《しが》の浦《うら》の波《なみ》の音《おと》よ。）

岸辺から沖へと氷が張ってゆくために、水際がだんだんと遠ざかっていく。その様子を、波の音によって表現した歌である。

家隆は、この聴覚の世界の歌を、視覚の世界へと変え、圧縮して上句に取り込んだ。そして、新たに月を加えて、歌題の要求を満たしたのである。

凍《い》てつく寒さの中、氷った岸辺の遠く向こうには、まだ氷らない水面が見える。そこに立つ白い波の間から、冷たく氷りついた明け方の月が、今まさに昇ってきた……。この歌の中心は、本歌の世界に付け加えられた、月にこそある。氷ったように冷たく冴えた月の印象が、一首全体のイメージを支配しているのである。

本歌の情景を取り込みながら、まったく新たな世界を作り出すことに成功した歌である。本歌取りのお手本のような作品といえる。

駒《こま》とめて袖《そで》うち払《はら》ふ《ウ》陰《かげ》もなし佐野《さの》のわたりの雪《ゆき》の夕暮《ゆふぐ》《ユウ》れ

（六七一　藤原定家《ふじわらのさだいえ》）

乗《の》っている馬《うま》を止《と》めて、袖《そで》に降《ふ》りかかった雪《ゆき》を払《はら》う物陰《ものかげ》さえもないことだ。この佐野《さの》の渡《わた》し場《ば》の、雪《ゆき》の降《ふ》りしきる夕暮《ゆうぐ》れよ。

✻この歌は、『万葉集』の次の歌を本歌にして詠まれている。

苦《くる》しくも降《ふ》り来《く》る雨《あめ》か三輪《みわ》の崎狭野《さきさの》のわたりに家《いえ》もあらなくに

（巻三　二六五　長忌寸意吉麻呂《ながのいみきおきまろ》）

（何《なん》と苦《くる》しく降《ふ》ってくる雨《あめ》であることか。三輪《みわ》の崎《さき》の佐野《さの》の渡《わた》し場《ば》には、くつろげる我《わ》が家《や》もないというのに。）

第四句の「佐野のわたり」は、紀伊《きい》国（現在の和歌山県）の歌枕だが、『新古今和歌集』の時代には、大和国（現在の奈良県）の地名と考えられていた。「わたり」は、川を渡る船が発着する、船着き場のことである。

本歌では、佐野の渡し場には、「くつろげる我が家もない」と歌われている。それを作者である藤原定家は、「袖の雪を払う物陰もない」と変えた。袖の雪を払おうとしているのは、馬に乗った旅人である。まるで、貴公子が登場する物語の一コマのような、優雅で華やかなシーンではなかろうか。つまり定家は、本歌の辛い旅の場面を、エレガントなイメージの世界へと作り変えたのである。

下句になると、そうした雅《みやび》やかな旅人の姿は、全体の風景の中にぐっと遠ざかってゆく。その代わり、佐野の渡し場の全景が迫《せ》り出してくる。夕方の薄い闇の中、降りしきる雪に覆われてゆく、佐野の渡し場……。

旅の愁いを嘆いた本歌から、定家は、華やかさを秘めた薄墨色の雪景色という、複雑な趣《おもむき》に満ちた世界を作り出したのである。

想像力の限りを尽くした本歌取りといえる。これほどの本歌取りは、定家以外の誰にもできなかった。この歌は、本歌取りという技法の、究極の可能性を示した一首なのである。

田子《たご》の浦《うら》にうち出《い》でて見《み》れば白妙《しろたへ／タエ》の富士《ふじ》の高嶺《たかね》に雪《ゆき》は降《ふ》りつつ

（六七五　山部赤人《やまべのあかひと》）

田子《たご》の浦《うら》に出《で》て眺《なが》めて見《み》ると、真《ま》っ白《しろ》な富士《ふじ》の高嶺《たかね》に、しきりに雪《ゆき》が降《ふ》り続《つづ》いているよ。

✿『百人一首』にも選ばれた歌である。

もともとは、『万葉集』の巻三（三一八）に、山部赤人の作として載っている。持統天皇の「春過ぎて」の歌（↓43頁）の場合と同じく、平安時代以来、様々に伝えられていた読み方の一つを、『新古今和歌集』は採用したのである。現在『万葉集』の原歌は次のように読まれている。

田子《たご》の浦《うら》ゆうち出《い》でて見《み》れば真白《ましろ》にぞ富士《ふじ》の高嶺《たかね》に雪《ゆき》は降《ふ》りける
（田子《たご》の浦《うら》を通《とお》って、視界《しかい》の開《ひら》けたところに出《で》てみると、なんと真《ま》っ白《しろ》に、富士《ふじ》の高《たか》嶺《ね》に雪《ゆき》が降《ふ》り積《つ》もっているよ。）

作者である山部赤人《やまべのあかひと》は、駿河国《するが》（現在の静岡県）の田子の浦付近の場所から、雪が降り積もった富士山を見て、この歌を詠んだのである。

それに対して、『新古今和歌集』の形では、富士山の山頂に、今まさに雪が降り続いている情景を詠んだことになる（第五句の「つつ」は、反復や継続を表す助詞である）。

田子の浦から、富士山頂に雪が降り続く様子を見ることは、実際には不可能である。つまり、『新古今和歌集』の情景は、頭の中でのみ成り立つものなのである。そのために、この歌は現実に合わない不自然な一首であるとか、もとの歌の生き生きとした感動を失っているとか、厳しく非難されてきた。しかし、『新古今和歌集』で重要なのは、現実に即しているかどうかではなく、美しいイメージが味わえるかどうか、だったのである。

空高く、真っ白にそびえる富士の山。その姿を仰ぎ見ているうちに、山頂に降り積もってゆく雪が、自然と頭に思い浮かんでくる。富士の高嶺に降り続く、純白の雪。現実には見ることができない、壮麗なイメージである。

歌枕《うたまくら》

和歌に詠まれる地名のことを、歌枕という。

例えば、大和国《やまと》（現在の奈良県）の歌枕である吉野山。吉野山《よしのやま》は、雪と桜の名所として歌に詠まれた。吉野山にも雨は降るし、梅の木もあるだろうが、決してそう詠んではならなかった。歌枕はただの地名でなく、本意（→コラム「本意」92頁）の定まった、特殊な地名なのである。

逆に言えば、現実の情景を全然知らなくても、本意さえ知っていれば、十分に歌枕が詠みこなせたのである。室町時代の正徹《しょうてつ》という歌人は、吉野山がどこにあるのか分からなくても、吉野山には桜を詠むと知っていれば事足りる、とまで述べている。

◆巻第七《まきのだいななが》 賀歌《のうた》

濡《ぬ》れてほす玉串《たまぐし》の葉《は》の露霜《つゆしも》に天照《あまて》る光《ひかり》いく代経《よへ》ぬらむ

（七三七　藤原良経《ふじわらのよしつね》）

濡《ぬ》れては乾《かわ》く、榊《さかき》の葉《は》の露《つゆ》と霜《しも》に、天《てん》を照《て》らす日《ひ》の光《ひかり》が宿《やど》って、いったいこれまでに、どれくらいの時代《じだい》が過《す》ぎてきたのだろうか。

✽伊勢神宮を讃《たた》えた、「賀」（お祝い）の歌である。

初句の「濡れてほす」は、何年もの間、露や霜が濡れたり乾いたりを繰り返してきたことをいう。『古今和歌集』の次の歌から取り入れられた表現である。

濡《ぬ》れてほす山路《やまぢ》の菊《きく》の露《つゆ》の間《ま》にいつか千歳《ちとせ》を我《われ》は経《へ》にけむ　（秋下　二七三　素性《そせい》）

（山道《やまみち》の菊《きく》の露《つゆ》に濡《ぬ》れながら、仙人《せんにん》の住《す》む宮殿《きゅうでん》を訪《たず》ねると、その菊《きく》の露《つゆ》を乾《かわ》かすほんの少《すこ》しの間《あいだ》なのに、私《わたし》は一体《いったい》いつの間《ま》に、千年《せんねん》もの年月《ねんげつ》を過《す》ごしてしまったのだろうか。）

第二句の「玉串」は、榊の枝に木綿《ゆう》や紙を付けて、神に捧《ささ》げたものをいうが、伊勢神宮では、榊の木そのものを玉串と呼んでいた。第四句の「天照る光」が、伊勢神宮に祭られる天照大神《あまてらすおおみかみ》を象徴しているため、この歌では榊の意味で使われている。

第三句の「露霜」は、露と霜のことである。「露霜」には、年月の意味もあり、時間を表す言葉ということで、第五句の「いく代」と縁語のような関係にある。

伊勢神宮で、天照大神に捧げられた榊の葉。その上に置いた露や霜は、神の時代からずっと、濡れたり乾いたりを繰り返してきた。その露と霜には、天を照らす日の光が、やはり神の時代からずっと、変わりなく宿り続けてきた、というのである。

伊勢神宮は、天皇家の先祖の神である天照大神を祭った、最も権威のある神社だった。この歌は、その悠久の歴史をほめ讃えることで、国家と天皇家の安泰を祈っているのである。スケールが大きく、神々しい雰囲気にあふれた歌である。

さかき（草木図説）

藻塩草《もしほぐさ》《モシオグサ》かくとも尽《つ》きじ君《きみ》が代《よ》の数《かず》によみ置《お》く和歌《わか》の浦波《うらなみ》

(七四一　源《みなもとの》　家長《いえなが》)

藻塩草《もしおぐさ》を搔《か》き集《あつ》めても尽《つ》きることがないように、この和歌所《わかどころ》で、どんなに歌《うた》を書《か》き集《あつ》めても、尽《つ》きることはないでしょう。我《わ》が君《きみ》のご治世《ちせい》の年数《ねんすう》に匹敵《ひってき》するように、人々《ひとびと》が詠《よ》んでおく和歌《わか》は、和歌《わか》の浦《うら》の波《なみ》が何度《なんど》も立《た》っては返《かえ》るように、数限《かずかぎ》りなく多《おお》いのですから。

✻作者である源家長が、後鳥羽院の設置した和歌所《わかどころ》の開闔《かいこう》に任命された時に、院に献上した歌である。

和歌所は、和歌を取り扱う宮中の役所のことである。天暦《てんりやく》五年（九五一）に設けられて以来、長らく途絶えていたものを、建仁元年（一二〇一）に、後鳥羽院が復興したのである。その和歌所の事務長官が、源家長の任命された、開闔である。

初句の「藻塩草」は、塩を作る時に使われる海藻のことである。同時に、筆跡や手紙、和歌の意味でも使われた。第二句の「かく」は、「藻塩草」を掻き集める意味の「掻く」と、和歌を「書く」の掛詞《かけことば》である。また、第四句の「よみ」には、歌を「詠む」の意味に、数を数える意味の「読む」が掛けられている。第五句の「和歌の浦」は、紀伊《きい》国（現在の和歌山県）の歌枕で、和歌の譬《たと》えになっている。初句の「藻塩草」とは、どちらも海に関係するものなので、縁語になる。

掛詞や縁語などの修辞を多用した、大変技巧的な歌である。にもかかわらず、技巧が表立つようなことはなく、ひきしまった一首になっている。たぶん、重要なポストを任された作者の緊張感が、この歌全体に張りを与えているのだろう。

後鳥羽院の治世と和歌の発展を讃《たた》え、さらに自分の喜びをも表現した、実に晴れやかな感じのする歌である。

◆巻第八《まきのだいはち》　哀傷歌《あいしょうのうた》

玉《たま》ゆらの露《つゆ》も涙《なみだ》もとどまらずなき人恋《ひとこ》ふ宿《やど》の秋風《あきかぜ》

（七八八　藤原定家《ふじわらのさだいえ》）

ほんのわずかな間《あいだ》でさえ、草木《くさき》の露《つゆ》も私《わたし》の涙《なみだ》も、とどまることなく散《ち》り落《お》ちる。亡《な》き母《はは》を恋《こい》しく慕《した》うこの家《いえ》に、激《はげ》しく吹《ふ》きつけている秋風《あきかぜ》のために。

✻人の死の悲しみを詠んだ、哀傷の歌である。
作者である藤原定家《ふじわらのさだいえ》は、建久四年（一一九三）の二月に、母親を亡くした。その年の七月、台風の風が吹き荒れている日に、彼は父と母が一緒に暮らしていた家を訪ねた。この歌は、その帰り際に、父の俊成に詠んで贈ったものである。
初句の「玉ゆら」は、わずかな間という意味だが、玉がゆらゆら揺れる、というイメージも呼び起こす。また、宝石の意味の「玉」と、第二句の「露」と「涙」は、縁語になっている。

この歌は、『新古今和歌集』に選ばれた、次の歌を踏まえて詠まれている。

暁《あかつき》の露《つゆ》は涙《なみだ》もとどまらで恨《うら》むる風《かぜ》の声《こゑ》ぞ残《のこ》れる　（秋上　三七二　相模《さがみ》）

（明《あ》け方《がた》に置《お》く露《つゆ》はもちろん、涙《なみだ》もとどまることなくこぼれ落《お》ち、恨《うら》むような風《かぜ》の音《おと》が昨夜《さくや》から残《のこ》って、今《いま》もまだ聞《き》こえてくるよ。）

また、台風の日に父親を訪ねるというのは、『源氏物語』の野分《のわき》の巻に、よく似たシーンがある。

つまり定家は、先行する和歌や物語の世界をフィルターにして、自分の悲しみを濾《ろ》過《か》したのである。そして、濾過され純粋になった悲しみを、折りからの秋の情景に溶け込ませたのである。激しい風に吹かれた露と涙が、玉のように揺らぎ、玉のようにきらめいて散り落ちる……。

この歌には、現実のままの悲しみではなく、美しいイメージへと高められた悲しみが詠まれているのである。亡き母への思いを、これほど美しく表現した哀傷の歌は、他に例がない。

思《おも》ひ出《イ・い》づ《ズ》る折《オ》りを《を》たく柴《しば》の夕《ユウ》煙《ゆふけぶり》むせぶもうれし忘《わす》れがたみに
（八〇一　後鳥羽院《ごとばのいん》）

夕暮《ゆうぐ》れ時《どき》、亡《な》き人《ひと》を思《おも》い出《だ》す折《お》りに、折《お》ってくべる柴《しば》の煙《けむり》にむせびながら、むせび泣《な》くのもうれしいことだ。その煙《けむり》が、あの火葬《かそう》の時《とき》の煙《けむり》を思《おも》わせて、忘《わす》れがたいあの人《ひと》の、忘《わす》れ形見《がたみ》になるかと思《おも》うと。

✽元久二年（一二〇五）の十月、後鳥羽院は、前年に亡くなった尾張《おわり》という女性をしのび、水無瀬《みなせ》の離宮（↓「見渡せば」19頁）で、一周忌の供養を営んでいた。愛する女性の死は、院に大きなショックを与えた。悲しみを癒《いや》すため、院は慈円に、十首の歌を詠み贈った。この歌は、その十首の中の一首である。
　第二句の「折り」は、時・場合の意味の「折り」と、「柴」（木の小枝）を折る意味の「折り」との掛詞である。また、第四句の「むせぶ」は、「煙にむせぶ」と「涙にむせぶ」の意味を掛けている。第五句の「忘れがたみ」も、忘れられないの意味の「忘れ難み」と、亡き人の記念の品の意味の「忘れ形見」との掛詞である。

　後鳥羽院がこの時に詠んだ十首は、いずれも亡き人を弔うため、都を離れた山里に籠《こ》もった人物の立場で詠まれている。つまり、院は仮構のシチュエーションに身を置いて、この歌を詠んだのである。柴を折って火にくべるというのも、そうした想像の中で行われた行為と見るべきだろう。

　夕暮れ時、恋人同士が逢うこの時刻には、亡き人の面影がありありと思い浮かぶ。そんな時、火にくべた柴から煙が立ち昇り、私をむせばせた。この煙は、そういえば愛しい人を火葬した、あの時の煙を思い起こさせる。煙はあの人をしのぶ形見。たとえむせても、私にはうれしいもの……。

　人の死の悲しみを詠む哀傷の歌で、「うれし」という詞を用いるのは、極めて異例である。仮構の設定や、掛詞の軽やかな連鎖とともに、哀傷歌としては破格な一首である。しかし同時に、今は亡き尾張を思う、後鳥羽院の細やかな愛情も、この歌にはあふれている。

　亡き人への思いを闊達《かったつ》な詠みぶりで表現した、ユニークな哀傷歌である。

◆巻第九《まきのだいきゅう》　離別歌《りべつのうた》

君往《きみい》なば月待《つきま》つとてもながめやらむ《ン》東《あづま》《アズマ》の方《かた》の夕《ゆふ》《ユウ》暮《ぐ》れの空《そら》

（八八五　西行《さいぎょう》）

あなたが旅立《たびだ》ってしまったら、月《つき》の出《で》を待《ま》つと言《い》ってでも、目《め》を向《む》けることにしましょう。あなたがいらっしゃる、東《ひがし》の方角《ほうがく》の夕暮《ゆうぐ》れの空《そら》を。

✻人との別れを歌う、離別の歌である。

『新古今和歌集』の詞書に、「陸奥国《みちのくに》へまかりける人《ひと》、餞《はなむけ》し侍《はべ》りけるに」と書かれているように、この歌は、西行の友人が陸奥国への旅に出発する時、その送別の会で詠まれたものである。陸奥国は、現在の福島・宮城・岩手・青森四県と秋田県の一部にあたり、西行も生涯に二度、この地を旅したことがあった（↓「年たけて」121頁）。月もまた、同じ方角から昇ってくる。その月の出を待つふりをしてでも、あなたの旅立った東の空に目を向けて、あなたのことをしみじみ思い起こそう、というのである。

人を思う時に、月の出を口実にするという発想は、『拾遺《しゅうい》和歌集』に選ばれた次の歌を踏まえている。

足引《あしひ》きの山《やま》より出《い》づる月待《つきま》つと人《ひと》には言《い》ひて君《きみ》をこそ待《ま》て

（恋三　七八二　柿本人麻呂《かきのもとのひとまろ》）

（山《やま》から出《で》る月《つき》を待《ま》っているのだと、他《ほか》の人《ひと》には言《い》って、実《じつ》は私《わたし》は、あなたを待《ま》っているのです。）

新三十六歌仙図帖「西行」
（東京国立博物館蔵）

西行は、この恋の歌の発想をさりげなく取り入れて、旅立つ友への惜別の気持ちを表現したのである。温かい思いやりに満ちた一首である。

忘《わす》るなよ宿《やど》る袂《たもと》は変《か》はるとも《ワ》かたみにしぼる夜半《よは》《ワ》の月影《つきかげ》

（八九一　藤原定家《ふじわらのさだいえ》）

忘《わす》れないで下《くだ》さい。月《つき》の光《ひかり》が映《うつ》っている袂《たもと》は、明日《あす》からは別々《べつべつ》のものに変《か》わったとしても、忘《わす》れ形見《がたみ》としてお互《たが》いに絞《しぼ》りあう、袂《たもと》の涙《なみだ》に映《うつ》った今夜《こんや》の月《つき》の光《ひかり》を。

✲西行が企画した百首歌の、「別」（離別）の題で詠まれた歌である。第二句の「宿る袂」は、月の光が、着物の「袂」（袖と同じ）を濡《ぬ》らす涙に映っている、ということである。現実にはあり得ないことだが、和歌の世界ではよく使われた表現である。

第三句の「変はる」は、今夜は重ねて寝ている袖が、明日からは独り寝の袖に変わる、ということである。昔は、愛し合う男女が袖を重ねて寝たので、離ればなれになることを、こう表現したのである。

また、第四句の「かたみに」は、「互いに」の意味の副詞に、「形見に」の意味を掛けている。共に寝ている今夜、別れの悲しみに流した袖の涙を、涙に映った月の光もろとも、お互いの形見とするために絞る、というのである。

この歌は、『伊勢物語』の第十一段や『拾遺和歌集』（四七〇）に見える、次の歌を本歌にして詠まれている。

忘《わす》るなよほどは雲居《くもゐ》になりぬとも空行《そらゆ》く月《つき》のめぐり逢《あ》ふまで
（私《わたし》のことを忘《わす》れないで下《くだ》さい。私《わたし》たちの間《あいだ》が、あの雲《くも》のある空《そら》くらい、はるか遠《とお》くに隔《へだ》たったとしても、空《そら》を行《ゆ》く月《つき》が巡《めぐ》って、再《ふたた》びもとの所《ところ》にもどるように、また再《ふたた》び、私《わたし》たちが巡《めぐ》り逢《あ》う時《とき》まで。）

作者である藤原定家は、再会の譬《たと》えとされた本歌の月を、恋人たちの別れのシーンの焦点に据えて、まったく新たな世界を作り出したのである。

実際の離別の場からは、こんな劇的な歌が生まれることはないだろう。想像力を駆使して詠まれた、物語の一場面のような歌である。

題詠

題詠とは、あらかじめ決められた題に即して歌を詠むことをいう。

例えば、「月前の梅」という題が出されたら、たとえ今が昼間でも、たとえ目の前に梅が咲いていなくても、月と梅を詠まなければならなかった。また、月と梅を詠みさえすればいいというわけではなく、それらの本意（↓コラム「本意92頁」）を押さえていなければならなかった。

こう説明すると、ずいぶん窮屈な感じがするかもしれない。しかし、『新古今和歌集』の時代には、題詠こそが和歌の本流だったのである。

この時代の歌人達は、こうした制約の中で知恵をめぐらし、持てる技術を駆使して、和歌を作り出していた。いわば、同じルールの中で、互いのセンスやテクニックを競い合っていたのである。

題を詠みこなした上で、どのようにオリジナリティを発揮したのか。この点に注目すると、『新古今和歌集』の歌が、よりいっそう面白く読めるはずである。

◆巻第十《まきのだいじゅうき》　羈旅歌《りょのうた》

明《あ》けばまた越《こ》ゆべき山《やま》の峰《みね》なれや空行《そらゆ》く月《つき》の末《すゑ》《スエ》の白雲《しらくも》

（九三九　藤原家隆《ふじわらのいえたか》）

夜《よ》が明《あ》けたらまた、越《こ》えてゆくことになるはずの山《やま》の峰《みね》なのだろうか。空《そら》をわたる月《つき》が行《ゆ》き着《つ》く先《さき》の、あの白雲《しらくも》がかかっている峰《みね》の辺《あた》りは。

✽旅先での体験や感慨などを詠《よ》む、羈旅の歌である。

この歌は、後鳥羽院が主催した歌合で詠まれた。だから、作者である藤原家隆が、実際に旅をしていて詠んだのではなく、羈旅のテーマにしたがって、頭の中で組み立てた歌なのである。

歌の中の人物は、何日も旅暮らしを続けていて、今夜も山の中で野宿をしている。空にはひときわ明るい月が光り、その下には、山々が黒く沈んで見えている。明日の旅の道のりを思いながら眺めていると、月が傾いてゆく方角の山に、ひとかたまりの白い雲が見える。あの雲のある山の頂、それこそが、昨日までのように、また明日も越えてゆくことになる峰なのだろうかと、旅の前途に思いをはせているのである。

和歌の世界では、旅は苦しくて辛《つら》いものとされていた。確かにこの歌からも、行く先への恐れや不安を読み取ることができる。しかし同時に、まだ見たことがない前途にあこがれ、心誘われている人物の姿も、思い浮かべることができるだろう。この人物は、峰にかかった白雲や、空に輝く月といった、遠く広がる情景へと視線を向けている。彼の心は、その情景の中へと、無限に漂い出てゆくのである。

つまりこの歌は、旅の辛さという、伝統的な羇旅の歌のモチーフだけでなく、未知なる旅路へのあこがれという、ロマンチックな情緒をも表現しているのである。

旅の中で抱く、不安とあこがれ。それは、現代の私たちにもなじみ深い思いであろう。

年《とし》たけてまた越《こ》ゆべしと思《おも》ひきや命《いのち》なりけり佐夜《さや》の中山《なかやま》

（九八七　西行《さいぎよう》）

年老《としお》いて、また越《こ》えるだろうと思《おも》っていただろうか。まったく命《いのち》があったからなのだな。今《いま》こうして越《こ》える佐夜《さや》の中山《なかやま》よ。

✿作者である西行は、源平の争乱で焼け落ちた東大寺の再建事業に関係していた。再建には莫大《ばくだい》な資金がいる。その資金を援助してもらうため、西行は陸奥国《みちのく》（→「君往なば」―114頁）の覇者である藤原秀衡《ふじわらのひでひら》のもとに出かけて行った。この歌は、その旅の途中で詠まれたものと考えられている。西行が六九歳の時である。

第五句の「佐夜《さや》の中山《なかやま》」は、東海道の難所とされた、遠江国《とおとうみ》（現在の静岡県）の歌枕である。西行は、これより四〇年ほど前に経験した陸奥国への旅の途中で、すでにこの地を通ったことがあった。

第四句の「命なりけり」は、『古今和歌集』の次の歌から取り入れられている。

春《はる》ごとに花《はな》の盛《さか》りはありなめどあひ見《み》むことは命《いのち》なりけり　（春下　九七　よみ人しらず）

（春《はる》になるたびに、花《はな》の盛《さか》りは必《かなら》ずあるだろうけれど、花《はな》に出会《であ》うのは、まったく命《いのち》があってのことなのだなあ。）

洗練されたフレーズを自在に引用しながら、生きて再び「佐夜《さや》の中山《なかやま》」を越えることができた喜びを、きわめて率直に歌っている。緻密《ちみつ》な計算のもとに組み立てられる当時の歌の中にあって、西行のこうした詠みぶりは、ひときわ異彩を放っている。

◆巻第十一《まきのだいじゅういち》　恋歌一《こいのうたのいち》

瓶《みか》の原《はら》わきて流《なが》るる泉川《いづみがは》《イズミガワ》いつ見《み》きとてか恋《こひ》《コイ》しかるらむ《ン》

（九九六　藤原兼輔《ふじわらのかねすけ》）

瓶《みか》の原《はら》を分《わ》けて、湧《わ》いては流《なが》れ出《で》る泉川《いずみがわ》。その「いづみ」という名《な》のように、いつ見《み》たからといって、私《わたし》はあの人《ひと》のことが、こんなにも恋《こい》しいのだろう。

✿まだ親しく逢ったことがない人への、恋の思いを詠んだ歌である。『百人一首』にも選ばれている。

作者の藤原兼輔は、紫式部の曾祖父《そうそふ》で、『古今和歌集』の時代に活躍した歌人である。この歌の作者は、実は兼輔ではないらしいが、彼の作として伝えられてきたために、『新古今和歌集』や『百人一首』には、兼輔の歌として選ばれたのである。

初句の「瓶《みか》の原」は、山城国《やましろ》（現在の京都府）の歌枕である。第二句の「わきて」は、「分きて」と「湧きて」の掛詞《かけことば》で、「湧きて」が、第三句の「泉川」の「泉」と縁語になる。その「泉川」は、山城国の歌枕で、今の木津川のことである。

以上の上句は、「泉川」の「泉《いづみ》」と、第四句の「いつみ」が同じ音（清濁は関係しない）であることから、「いつ見」を導き出す序詞になっている。

この上句の序詞には意味がなく、下句の「いつ見きとてか恋しかるらむ」が、この歌の言いたいことである。ちゃんと逢ったこともない間柄なのに、どうしてこんなに恋してしまうのかと、恋の思いに深くとらわれた自分を、いぶかしんでいるのである。

しかし、上句の序詞がもたらす印象は、いかにもさわやかである。湧き出る泉の清らかなイメージと、明るく軽やかなリズム感。それが、「いつみ」の音の繰り返しによって、鮮やかに下句へとつながってゆく。一首全体の音の連なりが、初々しい恋心の弾みをかたどっているのである。こうした快い音楽性にこそ、この歌の一番の魅力があるといえよう。

我《わ》が恋《こひ》《コイ》は松《まつ》を時雨《しぐれ》の染《そ》めかねて真葛《まくず》が原《はら》に風《かぜ》さわぐなり

（一〇三〇　慈円《じえん》）

私《わたし》の恋《こい》は、時雨《しぐれ》が松《まつ》を紅葉《こうよう》させることができず、風《かぜ》が葛《くず》の茂《しげ》った野原《のはら》を騒《さわ》がせているようなもの。——私《わたし》がいくら涙《なみだ》を流《なが》しても、つれないあの人《ひと》の心《こころ》を動《うご》かすことはできず、恨《うら》みがましく心《こころ》を騒《さわ》がせているばかり。

✻ひそかに相手を恨み、思い乱れた恋の心を詠んだ歌である。

第二句の「松を時雨の」のうち、「松」はつれない恋人を、「時雨」は自分の涙を譬《たと》えている。時雨は、晩秋から初冬にかけて降るにわか雨のことである。和歌の世界では、木々の葉は時雨に濡《ぬ》れて紅葉すると考えられていた。しかし、常緑の松は、時雨によっても色を変えない。そのような松に、自分の涙にも冷ややかな態度でいる恋人を譬えたのである。

第四句の「真葛が原」は、葛という蔓草《つるくさ》が一面に生い茂った野原のことである。葛の葉（口絵一ページ参照）は、風が吹くと細かな白い毛が生えた裏面を見せる。それを「裏見《うらみ》」と呼び、音が同じことから、「恨み」を暗示する素材として使われた。つまり下句は、「恨みで心が落ち着かない」ことの譬えになっているのである。

初句に「我が恋は」と置き、その恋の内容を、第二句以下の譬喩《ひゆ》によって説明するのは、『古今和歌集』以来の伝統的な詠み方である。この歌は、その詠み方をさらに発展させている。松に降りかかる初冬の時雨と、真葛が原に吹きすさぶ風。これらの荒涼とした情景は、単なる譬喩をこえて、恋に思い悩む人物の心の風景になっているのである。

ただ、この歌の上句と下句との間には、大きな飛躍があって、上下の句がどうつながっているのか、非常に分かりにくい。また、何が何を譬えているのかについても、実は違った理解がある。例えば、「忍ぶる恋」（↓「玉の緒よ」128頁）を詠んだ歌と見て、上句を、「時雨で松が色付かないように、私は心を顔色に出さない」とする考えなどである。

あいまいさを含んだ歌であることは確かである。しかし、このような大胆な詠みぶりこそが、作者である慈円の持ち味なのであった。

●定数歌

定数歌は、決まった数の歌を詠む方式のことである。百首が基本だが、三十首や五十首などもある。

四季・恋・雑《ぞう》など、ゆるやかにテーマを設定したものから、一首ごとに題が決まっているもの（これを組題《くみだい》という）まで、様々な形態があった。

一度にたくさんの歌を作るため、定数歌は、初心者にとっては歌作りの練習になったし、実力のある歌人にとっては、自己の力量をアピールする機会にもなった。また、一首だけでは尽くせない自分の思いを、まとまった数の歌を通して表現することもできた。

『新古今和歌集』の時代には、数多くの優れた歌が定数歌から生まれている。後鳥羽院が主催した『正治初度百首《しょうじしょどひゃくしゅ》』からは、七十九首もの歌が、『新古今和歌集』に選ばれている。

玉《たま》の緒《を》よ絶《た》えなば絶《た》えねながらへば忍《しの》ぶることの弱《よわ》りもぞする

（一〇三四　式子内親王《しょくしないしんのう》）

私《わたし》の命《いのち》よ。絶《た》えるならいっそ絶《た》えてしまえ。このまま生《い》きながらえていたならば、人《ひと》に隠《かく》して耐《た》え忍《しの》んでいる心《こころ》が弱《よわ》まって、恋《こい》の思《おも》いがあらわになってしまうといけないから。

✻『百人一首』にも選ばれた歌である。

この歌は、「忍ぶる恋」という題で詠まれている。「忍ぶる恋」とは、ひそかに人を慕い、気持ちを隠して耐え忍ぶ恋のことである。

初句の「玉の緒」は、本来は宝石をつなぎとめる糸のことだが、この時代には、命の意味で使われることが多かった。「玉の緒」の「緒」と、「絶え」「ながらへ」「弱り」は、いずれも糸に関係する詞なので、縁語になる。

この歌は、秘めた恋の苦しさに耐えきれなくなった、その瞬間のことを詠んでいる。私はもう、恋の思いを隠し通せそうにない。耐える力も限界に達してしまった。ならばいっそ、私の命よ、途切れてしまえ。そうすれば、この辛い恋も終わりになるはずだから、というのである。

「忍ぶる恋」は、最も純粋な恋のあり方だとされていた。この歌は、そうした「忍ぶる恋」の中でも、さらに極限状態にある恋心を詠んでいるのである。最も激しく、そして最もピュアな恋。作者である式子内親王の代表作というにとどまらず、恋の歌の歴史に燦然《さんぜん》と輝く一首である。

ただし、この歌は題詠歌である。だから、式子内親王の実際の体験を、そのまま当てはめようとしてはならない。彼女は、「忍ぶる恋」という題を前にした時に、それがどのような恋であるのかに深く深く思いをめぐらして、この歌を詠んだのである。

難波《なには》《ナニワ》潟《がた》短《みじか》き蘆《あし》のふしの間《ま》も逢《あ》は《ワ》でこの世《よ》を過《す》ぐしてよとや

（一〇四九　伊勢《いせ》）

難波潟《なにわがた》に生《は》えている蘆《あし》の、短《みじか》い節《ふし》と節《ふし》の間《あいだ》のように、ほんの短《みじか》い間《あいだ》でさえも、あなたとお逢《あ》いすることなく、この世《よ》を過《す》ごせとおっしゃるのですか。

✽冷淡で薄情な恋人を恨んだ歌である。『百人一首』にも選ばれている。

初句の「難波潟」は、摂津《せっつ》国（現在の大阪府）の歌枕である。大阪湾の入り江にあった干潟で、蘆の名所とされていた。

第二句の「蘆」は、水辺に生えるイネ科の多年草である。二、三メートルくらいにまで生長し、硬《かた》くて節《ふし》のある茎を持っている。その節《ふし》と節《ふし》の間は短いものとされたため、第二句と第三句の「短《みじか》き蘆《あし》のふしの間」は、短い時間の譬喩《ひゆ》になっている。

第四句の「世《よ》」は、「節《よ》」（「節」の字は「フシ」とも「ヨ」とも読まれた）と同じ音であることから、節のある「蘆」の縁語になる。

この歌は、初句の「難波潟」という大きな情景から、「短《みじか》き蘆《あし》のふしの間《ま》」という細かな部分へと、ゆったりと、緩やかに焦点を絞ってゆく。それが、下句に至るや一転、相手を激しくなじる恨みの言葉となり、一気に全体が結ばれる。上句と下句との間には、絶妙なリズムの転換があるのである。しかし同時に、上句の「蘆」と下句の「よ（節）」が縁語になって響き合い、一首全体のバランスは、乱れることなく保たれる。均斉の取れたスタイルを持つ、いかにも王朝時代らしい歌である。

作者の伊勢は、『古今和歌集』の時代に活躍した女性歌人である。上品で洗練された歌を数多く残したことで知られている。ただこの歌は、『新古今和歌集』にも『百人一首』にも、伊勢の作として選ばれているが、実は誰か別の人が詠んだものであるらしい。こうした例は、大伴家持（↓「鵲《かささぎ》の」95頁）や藤原兼輔の場合（↓「瓶《みか》の原」123頁）にも見られた。

掛詞《かけことば》・縁語《えんご》

掛詞は、同音異義を利用して、一つの言葉に二つの意味を掛ける技法である。例えば、「松」に「待つ」を掛けたり、「秋」に「飽き」を掛けたり、「思ひ」の「ひ」に「火」を掛けたりする、といった具合である。ダジャレみたいなものだが、笑いを取ることが目的なのではなく、より多くの内容を歌に盛り込むことが目的なのである。

縁語は、連想関係にある言葉のことをいう。例えば、「置く」と「消ゆ」は、「露」の縁語になる。なぜなら、「露」は消えやすいものとされ、また「露」が降りることを「置く」と言ったからである。縁語は、歌の中心になる意味とは別に、一首の中にちりばめられた言葉を、互いに結びつける働きをする。

歌の内容を複雑にする掛詞と、複雑化した歌に統一感を与える縁語。『新古今和歌集』の時代には、この二つの技法が洗練を極めることになる。

由良《ゆら》の門《と》を渡《わた》る船人《ふなびと》かぢ《ジ》を絶《た》え行方《ゆくへ》《エ》も知《し》らぬ恋《こひ》《コイ》の道《みち》かも

（一〇七一　曾禰好忠《そねのよしただ》）

潮流《ちょうりゅう》の早《はや》い由良《ゆら》の海峡《かいきょう》を漕《こ》ぎ渡《わた》る船頭《せんどう》が、梶《かじ》を失《うしな》ってどこへ流《なが》されてゆくかも分《わ》からないように、この先《さき》どうなってゆくのかまったく分《わ》からない、私《わたし》の恋《こい》の道《みち》であるよ。

✻あてどない、不安な恋の心を詠んだ歌である。『百人一首』にも選ばれている。

初句の「由良の門」について、作者である曾禰好忠は、丹後《たんご》国（現在の京都府）を流れる由良川の河口を想定していたらしい。しかし、『新古今和歌集』の時代には、紀伊国（現在の和歌山県）の由良付近の海峡（現在の紀淡《きたん》海峡）のことと考えられていた。この海峡は、潮の流れが激しいことで有名だった。

第二句の「船人」は、船を操る船頭のことである。また、第三句の「かぢを絶え」

は、「船を漕ぎ進めるための梶（櫓《ろ》や櫂《かい》のこと）を失って」の意味である。「梶緒《かぢを》絶え」として、「梶を船につなぐ綱が切れて」と考える説もある。

以上の上句は、譬喩《ひゆ》によって第四句を導き出す序詞《じょことば》になっている。だから、この歌の言いたいことは、下句の「行方も知らぬ恋の道かも」という部分に尽きている。

しかし、単に歌の形を整えるためだけに、上句があるのではない。上句には、下句の不安げな気分に、具体的なイメージを与える効果がある。むしろ、そうした上句の効果にこそ、この歌の生命があるといえるだろう。

序詞の働きが、とりわけ鮮やかな一首である。まるで、この歌を読んでいる私たちも、船に乗って波間を漂っているような感じにならないだろうか。

作者の曾禰好忠は、平安時代の半ば頃に活躍した歌人である。ユニークな歌を数多く詠んだことで知られており、『新古今和歌集』の時代の人々にも、高く評価されていた。

◆巻第十二《まきのだいじゅうに》　恋歌二《こいのうたのに》

下燃《したも》えに思《おも》ひ《イ》消《き》えなむ《ン》煙《けぶり》だに跡《あと》なき雲《くも》の果《は》てぞ悲《かな》しき

（一〇八一　俊成卿女《としなりきょうのむすめ》）

心《こころ》の中《なか》でひそかに恋《こ》い焦《こ》がれて、私《わたし》は死《し》んでしまうのだろう。その亡骸《なきがら》を焼《や》く煙《けむり》さえも、跡形《あとかた》もなく雲《くも》の中《なか》にまぎれてしまう、そんな恋《こい》の行《ゆ》く末《すえ》が悲《かな》しいこと。

✻「雲に寄する恋」という題で詠まれた歌である。「雲に寄する恋」とは、雲に託して恋の心を表現する歌題である。

初句の「下燃え」は、人知れず恋の思いに悩むことをいい、第二句の「思ひ消え」は、恋の苦しさのあまり死んでしまうことをいう。「思ひ」の「ひ」には「火」が掛かり、初句の「燃え」、第二句の「消え」、第三句の「煙」と、縁語になっている。

この歌は、『狭衣物語《さごろもものがたり》』の巻四に見える、次の二つの歌を踏まえて詠まれている。まず、薄幸のままに亡くなった飛鳥井《あすかい》の女君が、生前に詠み置いていた一首。

消《き》え果《は》てて煙《けぶり》は空《そら》に霞《かす》むとも雲《くも》のけしきを我《われ》と知《し》らじな

(私《わたし》は火葬《かそう》されて消《き》え果《は》ててしまい、煙《けむり》は空《そら》に霞《かす》んでいたとしても、その煙《けむり》が空《そら》に漂《ただよ》う雲《くも》になっているのだとは、狭衣様《さごろもさま》はご存《ぞん》じないことでしょう。)

そして、この飛鳥井の女君の歌に、狭衣帝が応じて詠んだ一首。

霞《かす》めよな思《おも》ひ消《き》えなむ煙《けぶり》にも立《た》ちおくれてはくゆらざらまし

(霞《かす》んでおくれ。「思《おも》ひ」の「火《ひ》」が消《き》えるように、私《わたし》もこの世《よ》から消《き》えてしまおう。あなたを焼《や》く煙《けむり》にさえも立《た》ち後《おく》れて、くすぶり続《つづ》けたりはするまい。私《わたし》も後《あと》を追《お》って煙《けむり》になろう。)

作者である俊成卿女は、この二首の世界を再構成して、「雲に寄する恋」の歌を詠んだのである。

自分の形見となるはずの火葬の煙。それさえ雲にまぎれて消えてしまう。あの人が自分の思いを知ることはない……。

物語の世界を足場にして作り出された、哀切な片思いの歌である。

ちなみに、『狭衣物語』について。

主人公は、帝の弟である堀川関白《ほりかわのかんぱく》の一人息子・狭衣《さごろも》。思いを寄せる従妹《いとこ》の源氏宮《げんじのみや》は、少しも彼に応《こた》えてくれない。叶わぬ恋の慰めに、様々な女性との恋を重ねる狭衣だが、それらの恋もまた、次々に不毛なものに終わってしまう。やがて彼は帝位に即《つ》くが、現世《げんせ》の栄華《えいが》とは裏腹に、彼の心は憂愁に沈んでいく……。

こんな内容の『狭衣物語』は、『源氏物語』以後に書かれた物語の代表的な作品である。新古今時代には、歌人必読の書でもあった（↓コラム「本説取り」26頁）。

●俊成卿女《としなりきょうのむすめ》と宮内卿《くないきょう》

『新古今和歌集』を代表する女性歌人の俊成卿女と宮内卿。二人の歌の作り方について、次のようなエピソードが伝わっている。

俊成卿女は、何日もの間、様々な歌集を繰り返し繰り返し読み、納得したところでそれらを片付けて、ひとり静かに考えをめぐらした。一方の宮内卿は、歌集をずっと手元に置き、明かりのそばで少しずつメモを取りながら、一日中、歌について考え続けた。

二人とも、徹底的に古い歌を調べることから歌を作り始めたのである。しかし、その後が違っている。

自分の中に取り込んだ古歌の世界を足場にして、新たなイメージを作り出そうとした俊成卿女と、古歌との比較検討を行いながら、オリジナルな世界を組み立てようとした宮内卿。

彼女たちの作品を読む時に、こうした創作過程の違いを念頭に置くと、いっそう面白さが増すだろう。

思《おも》ひ《イ》あまりそなたの空《そら》をながむれば霞《かすみ》をわけて春雨《はるさめ》ぞ降《ふ》る

（一一〇七　藤原俊成《ふじわらのとしなり》）

恋《こい》しい気持《きも》ちに耐《た》えかねて、あなたのいる方角《ほうがく》の空《そら》をじっと見《み》つめていると、立《た》ち込《こ》めた霞《かすみ》を分《わ》けるようにして、細《こま》かな春雨《はるさめ》が降《ふ》っています。

✿作者である藤原俊成が、人目を忍んで恋していた女性に、春雨が降る日に贈った歌である。

愛《いと》しい人と逢《あ》えずにいた作者は、その人が住む方角に、ふと目を向けてしまった。しかし、一面に立つ霞のせいで視界がきかない。満たされない思いで空を見つめていると、霞の間から、煙るように春雨が降っていた、というのである。

空に立ち込めた霞と、そこから降り注ぐ春雨。この朦朧《もうろう》とした情景は、作者の恋心を、そのままかたどったものになっている。霞に閉ざされた空のように、やるせない恋の思い。しかしそれは、春雨に濡れたかのように、しっとりと潤ってもいたのである。

折りからの情景に、恋の思いを溶け込ませた、甘く切ないラブソングである。

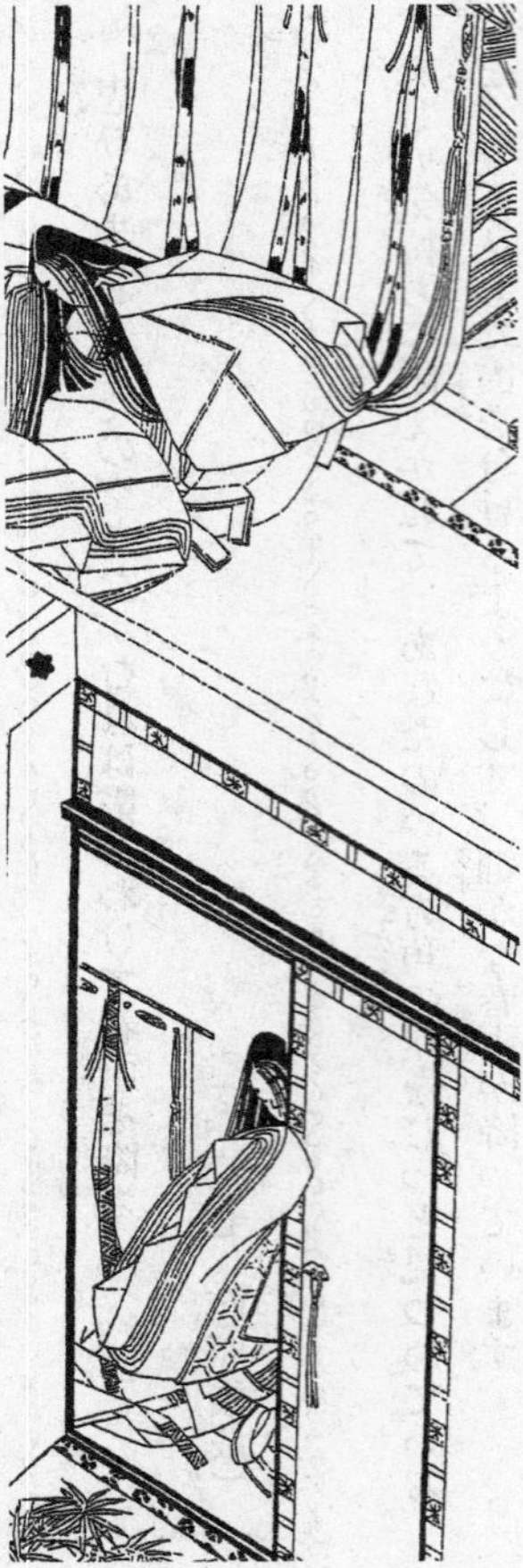
枕草子絵巻より

面影《おもかげ》の霞《かす》める月《つき》ぞ宿《やど》りける春《はる》や昔《むかし》の袖《そで》の涙《なみだ》に　（一一三六　俊成卿女《としなりきようのむすめ》）

あの人《ひと》の面影《おもかげ》が霞《かす》んで浮《う》かぶ、そんな霞《かす》んだ春《はる》の月《つき》が宿《やど》っていることだ。「春《はる》は昔《むかし》のままなのに……」と嘆《なげ》いて流《なが》す、私《わたし》の袖《そで》の涙《なみだ》に。

✽「春の恋」という題で詠まれた歌である。藤原定家《ふじわらのさだいえ》の「梅の花」の歌（↓24頁）と同じく、この歌も、『伊勢物語』第四段の世界を踏まえて作られている。

正月（陰暦では春である）、梅の花盛りの頃、主人公の男は、とある屋敷を訪れた。そこは、一年前に姿を隠した恋人が住んでいた所である。そして、男は月が傾くまで、一晩中泣きながら、板の間に横たわって次のような歌を詠んだ。

月《つき》やあらぬ春《はる》や昔《むかし》の春《はる》ならぬ我《わ》が身《み》ひとつはもとの身《み》にして

(この月《つき》は、去年《きよねん》と同《おな》じではないのか。この春《はる》は、去年《きよねん》の春《はる》と同《おな》じではないのか。私《わたし》の身《み》だけが去年《きよねん》のままで、他《ほか》のものすべてが、変《か》わってしまったように思《おも》える。)

作者である俊成卿女は、『伊勢物語』の世界に我が身を置き、主人公の男になり代わって、この歌を詠んだのである。

彼女は想像をめぐらした――「月やあらぬ」と、悲痛な思いで男が見つめた月。その月は、霞のせいでぼんやり曇り、男が愛した女の面影を、やはりぼんやりと浮かばせていたことだろう。男は嘆く、「春は以前と変わらないのに、私の境遇は、愛しい人を失って、すっかり変わってしまった」と。その嘆きが、彼の袖を涙に濡らした。そしてその涙には、愛しい人の面影を宿した月が、映っていたことだろう――。

この歌は、単に物語の内容を和歌に置き換えているのではなく、物語の世界を再現しながら、さらに新たな場面へと展開させているのである。面影を宿した月と、その月が映る袖の涙は、俊成卿女の想像力が作り出したものなのである。

この時代の最先端の歌の作り方を、見事に実践した一首である。

年《とし》も経《へ》ぬ祈《いの》る契《ちぎ》りは初瀬《はつせ》山尾上《やまをのへ》《オノエ》の鐘《かね》のよその夕暮《ゆふぐ》《ユウ》れ

（一一四二　藤原定家《ふじわらのさだいえ》）

恋《こい》を祈《いの》ってもう何年《なんねん》も経《た》ってしまった。その願《ねが》いを初瀬《はつせ》の観音様《かんのんさま》は受《う》け入《い》れて下《くだ》さった。それなのに、初瀬山《はつせやま》の峰《みね》に鳴《な》り響《ひび》く鐘《かね》は、私《わたし》とは関《かか》わりなく、他《ほか》の恋人《こいびと》たちが幸《しあわ》せに逢《あ》う夕暮《ゆうぐ》れを告《つ》げている。私《わたし》は今夜《こんや》も、愛《いと》しい人《ひと》とは逢《あ》えないまま……。

✽藤原良経《ふじわらのよしつね》が主催する歌合《うたあわせ》で、「祈る恋」という題で詠まれた歌である。

初句切れ、三句切れ、体言止めと、いくつも句切れが重なって、一首全体がどうつながっているのか、非常に分かりにくい。歌合の判者《はんじゃ》であった藤原俊成《ふじわらのとしなり》も、「心にこめて詞《ことば》たしかならぬにや」（歌の内容は深いが表現があいまいではないか）と、疑問を投げかけたほどである。しかし、この一見ばらばらに思える詞の組み立ては、作者である藤原定家が、意図して行ったものなのである。

第三句の「初瀬山」は、大和国《やまと》（現在の奈良県）の歌枕である。十一面観音で有名な長谷寺《はせでら》があり、平安時代以来、多くの人々の信仰を集めてきた。この「初瀬」の「初《はつ》」に「果《は》つ」を掛け、第二句からは、「契りは果つ」（神仏との約束が完了する）という形でつながっている。

また、第四句の「尾上の鐘」は、長谷寺にある鐘のことである。初瀬山にある長谷寺の鐘が、恋人たちの逢う時刻である「夕暮れ」を知らせて、鳴り響くのである。

長年捧《ささ》げた祈り。それは長谷寺の観音様に受け入れられた。しかし私は、いまだ恋人と逢うことができない。初瀬山の鐘が夕暮れを告げる。今や恋人たちが逢う時刻。でもそれは、私とは無関係なもの……。

まるで、入り組んだストーリーを持つ恋物語のようである。主人公の嘆きも、そうした場面の変化に応じて屈折を重ねてゆく。

この、複雑な場面の変化と嘆きの深まりを表現するために、定家はあえて、分かりやすい詞のつながりを切断したのである。断片化した詞とイメージを重ね合わせることによって、悲しい恋の嘆きを浮かび上がらせる――それがこの歌の、ため息のように途切れる詞の組み立ての狙いなのであった。

こんな歌は、定家にしか詠めないものだった。和歌というジャンルの可能性を、極限まで追求した一首である。

長谷寺　（写真提供：アフロ）

●藤原定家《ふじわらのさだいえ》の著作

藤原定家は、個人歌集である『拾遺愚草《しゅういぐそう》』以外にも、様々な著作を残している。例えば、和歌の理論を述べた歌論書。また、歴代の優れた歌をピックアップした秀歌撰(『百人一首』が特に有名である)。さらに、和歌に関する学問を扱った歌学書や、『源氏物語』の研究書などである。『新古今和歌集』の約三〇年後には、第九番目の勅撰和歌集である『新勅撰和歌集』を、今度は単独で選んでいる。

著作ではないが、多くの古典作品を書写して、後世に伝えた功績も特筆すべきである。『古今和歌集』も『源氏物語』も、現在の我々が読む本文は、みな定家の手を経たものなのである。彼が書写していなかったら、今ごろは消滅していた作品もある(例えば『更級日記《さらしなにっき》』)。

また、『明月記《めいげつき》』という日記も書き残している。この日記には、当時の社会や和歌界の出来事とともに、彼がどんな日常生活を送っていたかも詳しく書かれている。定家という人物の息遣いが感じられる、大変面白い著作である。

◆巻第十三　恋歌　三《まきのだいじゅうさんこいのうたのさん》

忘《わす》れじの行《ゆ》く末《すゑ》《スエ》まではかたければ今日《けふ》《キョウ》を限《かぎ》りの命《いのち》ともがな
（一一四九　儀同三司母《ぎどうさんしのはは》）

「いつまでも忘《わす》れません」とおっしゃるあなたのお言葉《ことば》が、遠《とお》い将来《しょうらい》まで変《か》わらずにいるのは難《むずか》しいでしょうから、そのお言葉《ことば》を聞《き》いた今日《きょう》を最後《さいご》に、いっそ命《いのち》が終《お》わってほしいものです。

✻『百人一首』にも選ばれた歌である。『新古今和歌集』の詞書に、「中関白《なかのくわんぱく》、通《かよ》ひ初《そ》め侍《はべ》りける頃《ころ》」と書かれているように、「中関白」と呼ばれた藤原道隆《ふじわらのみちたか》が、作者のもとを訪れはじめた時期に詠まれた歌である。

平安時代の結婚は、女の家に男が通う、いわゆる通い婚が普通であった。夕方に男が女を訪ね、男は翌朝には自宅に帰る。そして女は、また今夜、男が再び訪ねてくれるかどうかと、思い悩みながら待ち続けるのである。この時代、女の立場は弱く、かつ不安定なものであった。

この歌は、そういう立場にあった女の、切ない恋の嘆きを詠んでいる。男の愛は必ず衰える。やがて訪れが途絶え、捨てられてしまうかもしれない。それならいっそ、「忘れじ」という誓いの言葉を交わした今日のうちに、喜びの中で死んでしまいたい……。

恋の絶頂で抱く前途への不安。時代状況こそ違え、この気持ちに共感する現代人も多いのではなかろうか。

作者は本名を高階貴子《たかしなのきし》といい、道隆と結婚して、伊周《これちか》と隆家《たかいえ》、それから一条天皇の皇后となる定子《ていし》を産んだ（清少納言が仕えたのがこの定子である）。道隆の出世とともに一家は栄えたが、やがて道隆の弟の道長《みちなが》に圧倒されてしまい、貴子は不幸な晩年を過ごすことになる。この歌は、最初の子である伊周が生まれた、天延《てんえん》二年（九七四）の少し前くらいに詠まれたと考えられている。

待《ま》つ宵《よひ》《ヨイ》に更《ふ》けゆく鐘《かね》の声《こゑ》《コエ》聞《き》けばあかぬ別《わか》れの鳥《とり》はものかは

（一一九一　小侍従《こじじゅう》）

恋《こい》しい人《ひと》の訪《おとず》れを待《ま》っている宵《よい》に、夜更《よふ》けを知《し》らせる鐘《かね》の音《おと》を聞《き》くと、満《まん》足《ぞく》できないままで恋人《こいびと》と別《わか》れる、その時《とき》を告《つ》げる鶏《とり》の鳴《な》き声《ごえ》が、はたして辛《つら》いと思《おも》えるでしょうか。とてもそうは思《おも》えません。

＊『新古今和歌集』の詞書《ことばがき》には、「題知らず」とあるだけだが、『平家物語』巻五「月見」には、作者である小侍従が、主人の大宮院に、「恋人を待つ宵と、恋人が帰る朝とでは、どちらがよりあわれ深いか」と聞かれて詠んだ歌だと書かれている。

この当時、夜は「宵」「夜中」「暁」の三つに分けて考えられていた。そのうち、一番早い時刻の「宵」は、女が恋する男の訪れを待つ時間帯であった。そして、恋する男女が共に夜を過ごした後、男は明け方に自分の家に帰っていく。これを「後朝《きぬぎぬ》の別れ」といった。「暁」は、一緒に夜を過ごした男女が、名残を惜しみつつ別れる時間帯なのである。

この歌は、「宵」に「更けゆく鐘」、「暁」に「あかぬ別れの鳥」というふうに、具体的な音を挙げて対比を示し、第五句の「ものかは」の反語によって、「待つ宵」の悲しみの深さを強調する、という作りになっている。恋人が来ないことを知らせる鐘の音の方が、恋人との別れの時刻を知らせる鶏の鳴き声よりも、ずっと辛いものである、というのである。

分かりやすい作りでありながら、単なる説明に終始せず、「待つ宵」の切ない思いを的確に表現している。輪郭のくっきりした、巧みな一首といえるだろう。

この歌は、当時から評判が高かったようで、作者の小侍従は、「待つ宵の小侍従」というニックネームで呼ばれるようになったという。

聞《き》くやいかに上《うは》《ウワ》の空《そら》なる風《かぜ》だにも松《まつ》に音《おと》するならひ《イ》ありとは

（一一九九　宮内卿《くないきょう》）

あなたはお聞《き》きですか、どうですか。上空《じょうくう》を吹《ふ》くあてにならない風《かぜ》でさえも、松《まつ》には訪《おとず》れて、音《おと》を立《た》てる習慣《しゅうかん》があるということを。それなのにあなたは、私《わたし》がいくら待《ま》っても、訪《おとず》れてはくれないのですね。

✻後鳥羽院の主催する歌合で、「風に寄する恋」という題で詠まれた歌である。「風に寄する恋」とは、風に託して恋の心を表現する歌題である。この歌では、松に吹く風に託して、訪れの途絶えた男への恨みを詠んでいる。

第二句の「上の空」は、「上空」の意味と「あてにならない」の意味の掛詞で、第三句の「松」も、植物の松に「待つ」の意味を掛けている。また、「音」には「訪れ」の意味があるので、「音する」にも、「音を立てる」と「訪れる」の二つの意味が掛かっている。

歌合の時、この歌の初句が読み上げられると、対戦相手だった藤原有家《ふじわらのありいえ》は、思わず「あっ」と声を出してしまったという。初句を耳にして、すぐに負けを覚悟したわけである。

確かにこの初句には、そのくらい強いインパクトがある。きっぱりと初句で切れる上に、この句の中にも、「聞くや。いかに」という切れ目が入る。男を問い詰めるその口調は、あくまで強い。

そして、続く第二句以下の表現も、初句と釣り合うだけの強さを備えている。複数の掛詞と第三句の「だにも」によって、「上の空なる風」と比べてさえ、ずっと薄情な男の振るまいを、はっきりと浮かび上がらせるのである。

あいまいさのない、明晰《めいせき》な歌である。しかしその反面、しっとりとした恋の情感には、いささか欠けた感じがする。もともと作者である宮内卿は、こうした作風を持つ歌人だった。良くも悪くも、彼女の個性がよく表れた一首といえるだろう。

帰《かへ》る《カエ》さのものとや人《ひと》のながむらん待《ま》つ夜《よ》ながらの有明《ありあけ》の月《つき》

（一二〇六　藤原定家《ふじわらのさだいえ》）

今《いま》ごろあの人《ひと》は、別《べつ》の女《おんな》の家《いえ》からの帰《かえ》り道《みち》のものとして、名残《なごり》を惜《お》しみながら眺《なが》めているのだろうか。夜通《よどお》しあの人《ひと》を待《ま》ち続《つづ》けたまま、私《わたし》がいま空《むな》しく見《み》つめている、この有明《ありあけ》の月《つき》を。

✻一晩中、恋人の訪れを待ち続けた甲斐もなく、ひとり寂しく夜を明かしてしまった女の立場で詠まれた歌である。

作者である藤原定家が、二六歳の時の作である。当時すでに秀歌の誉れ高かった歌で、鴨長明《かものちょうめい》はこの歌を、『新古今和歌集』の恋歌ベスト3の中に挙げている。

初句の「帰るさ」は、帰り道の途中で、の意味である。第四句の「待つ夜《よ》ながらの」は、男を一晩中待ち続けた状態のまま、の意味で、その状態で第五句の「有明の月」を見つめているのである。「有明の月」は、夜が更けてから空に上り、明け方になっても沈まずにいる月のことをいう。恋の歌では、夜通し女が男の訪れを待ち続ける場面や、夜を一緒に過ごした男女が別れる場面で、よく用いられた。

定家は、女の身になって想像をめぐらした。私はいま、あの人の訪れのない一夜を過ごし、絶望的な気持ちのまま、有明の月を眺めている。ではあの人は？　そう、あの人はきっと、私ではない女と夜を過ごし、別れの名残を惜しみながら、この有明の月を見つめているのだろう、と。

男の訪れがなかったことを単に恨み嘆くのではなく、その男が今ごろ何をしているのかと考えることで、女の嫉妬《しっと》と無念は、よりいっそう深まるのである。

特に難解な語句も、複雑な詞のつながりもない、シンプルな一首である。しかし、表現された恋の思いは切実で、真に迫るものがある。それはひとえに、作中の人物が、さらに別の場面に思いをめぐらすという、重層的な場面を作り出したことによるのである。当時の人々も、まさにこの点を高く評価したのだろう。若き定家の、斬新《ざんしん》なアイディアが光る一首であろう。

物語やドラマのワンシーンのような歌である。

◆巻第十四《まきのだいじゅうよん》　恋歌四《こいのうたのよん》

忘《わす》らるる身《み》を知《し》る袖《そで》の村雨《むらさめ》につれなく山《やま》の月《つき》は出《い》でけり

（一二七一　後鳥羽院《ごとばのいん》）

あの人《ひと》に忘《わす》れられる我《わ》が身《み》の運命《うんめい》を思《おも》い知《し》って、袖《そで》に流《なが》す涙《なみだ》の村雨《むらさめ》。そんな村雨《むらさめ》が降《ふ》っているにもかかわらず、無情《むじょう》な月《つき》がそしらぬ様子《ようす》で山《やま》から出《で》て、私《わたし》をいっそう嘆《なげ》かせることよ。

✽「逢《あ》ひて逢《あ》はざる恋」という題で詠まれた歌である。「逢ひて逢はざる恋」とは、恋人と逢った後、重ねて逢うことができず、逢う前よりもいっそう恋心が募る、という内容を詠む題である。

この歌は、男の訪れが途絶えた女の立場で詠まれている。

上句は、「自分はあの人にとって、忘れ去られる程度の存在だと思い知り、涙が村雨のように激しく降って、袖に落ちかかる」ということである。第三句の「村雨」は、急に激しく降っては止む、にわか雨のことをいう。

この上句は、『伊勢物語』の第百七段や『古今和歌集』（七〇五）に見える、次の歌を踏まえて詠まれている。

かずかずに思《おも》ひ思《おも》はず問《と》ひがたみ身《み》を知《し》る雨《あめ》は降《ふ》りぞまされる

（私のことを、思っているのかいないのか、お尋《たず》ねしにくいので、私への愛情《あいじょう》がどの程度《ていど》かを知《し》らせる雨が降《ふ》って、そのことを教《おし》えてくれるのです。）

作者である後鳥羽院《ごとばのいん》は、「身を知る雨」という表現を、「身を知る袖の村雨《むらさめ》」へと変形して、涙の譬喩《ひゆ》にしたのである。

下句は、「村雨が降っていたら月は見えないはずなのに、私が袖に流す涙の村雨に対しては、月は少しも関係なく、平然と山から昇ってくる」ということを詠んでいる。第四句の「つれなく」は、雨にもかかわらず、月がそしらぬ様子で出てくることと、その月が、女にとっては無情と感じられることを、あわせて言っている（月が出るのは、この歌の雨が涙の譬《たと》えだからである）。待つ人は来ないのに、待っていない月ばかりが昇ってくる。月と恋人のこの対照が、

（写真提供：アフロ）

女の嘆きをいっそう深めるのである。
さりげない詠みぶりだが、女の無念さやみじめさを、巧みに表現した一首である。

思《おも》ひ《イ》出《い》でよ誰《た》がかねごとの末《すゑ》《スエ》ならむ《ン》昨日《きのふ》《キノウ》の雲《くも》の跡《あと》の山風《やまかぜ》

（一二九四　藤原家隆《ふじわらのいえたか》）

思《おも》い出《だ》して下《くだ》さい。これはいったい、誰《だれ》がした約束《やくそく》の結末《けつまつ》なのでしょう。きのう山《やま》にかかっていた雲《くも》を跡形《あとかた》もなく吹《ふ》き払《はら》って、そしらぬ様子《ようす》で吹《ふ》いている山風《やまかぜ》は。

✿女の立場で詠まれた歌である。

第二句の「かねごと」は、将来も心変わりしないと誓った約束のことで、第五句の「山風」は、山に吹く風のことである。和歌の世界では、風は雲を吹き払うものとされていた。

この歌は、まず上句で、約束を破った男に対し、激しい恨みの言葉を投げつける。いったい誰の約束のせいで、私はこんなにも辛《つら》い目にあわなければならないのか。それは他ならぬあなたのせいなのだから、あなたはそのことを思い出していただきたい、というのである。

下句では、一転して自然の情景が詠まれる。昨日山にかかっていた美しい雲は、山の風によってすっかり吹き払われた。そして今、雲があったその辺りには、いまだに冷ややかな山風が吹き続けている、というのである。

上句の恨みと、下句の情景。この上下の句は、論理によってではなく、譬喩《ひゆ》によってつながっている。つまり、「昨日の雲を吹き払った山風」が、「昨日の恋の約束を破った薄情な男」の譬《たと》えになっているのである。

しかし、下句の情景には、単なる譬喩にはとどまらないイメージが託されている。雲が消えた後にも、なお吹きすさぶ山風。それは、約束を無惨に踏みにじられた女の、冷え冷えとした心の風景をかたどっているのである。

情景と心情が複雑にからみ合う、いかにも『新古今和歌集』の時代らしい作りの歌である。作者である藤原家隆にとっても、自信のある作品だったらしく、彼はこの歌を、自分の代表作の一つに数えていたという。

露払《つゆはら》ふ《ウ》寝覚《ねざ》めは秋《あき》の昔《むかし》にて見果《みは》てぬ夢《ゆめ》に残《のこ》る面影《おもかげ》　（一三二六　俊成卿女《としなりきょうのむすめ》）

枕《まくら》に流《なが》れた涙《なみだ》の露《つゆ》を、こうして払《はら》い落《お》とす秋《あき》の寝覚《ねざ》めは、あの人《ひと》に飽《あ》きられた昔《むかし》のままで変《か》わらない。そして、つい今《いま》しがたまで見《み》ていた出逢《であ》いの夢《ゆめ》が途切《とぎ》れ、私《わたし》のまぶたには、愛《いと》しいあの人《ひと》の面影《おもかげ》が残《のこ》っている。

✻「忘らるる恋」という題で詠まれた歌である。「忘らるる恋」とは、恋人に忘れられ、捨てられた恋を詠む歌題である。

初句の「露」は、恋のために流す涙を譬えている。第二句の「秋」は、季節の「秋」と、恋人に飽きられる意味の「飽き」との掛詞である。「露」と「秋」は、秋が露っぽい季節とされるので、縁語になる。また、第四句の「見果てぬ夢」は、途中で目が覚めてしまい、終わりまで見られなかった夢のことをいう。

この歌は、『後撰和歌集《ごせん》』の次の歌から、寝覚《ねざ》めに露を払うという発想を取り入れている。

夢路《ゆめぢ》にも宿貸《やどか》す人《ひと》のあらませば寝覚《ねざ》めに露《つゆ》は払《はら》はざらまし　（恋三　七七〇　よみ人しらず）

（もし夢《ゆめ》の中《なか》で、宿《やど》を貸《か》してくれる人《ひと》がいたならば、夢《ゆめ》の中《なか》の道《みち》に置《お》いた露《つゆ》で濡《ぬ》れた袖《そで》を、寝覚《ねざ》めに払《はら》う必要《ひつよう》はないし、涙《なみだ》の露《つゆ》を払《はら》う必要《ひつよう》もないでしょう。）

新三十六歌仙図帖「俊成卿女」（東京国立博物館蔵）

その上で、作者である俊成卿女は、恋人に忘れられた現在の自分と、夢の中で恋人に逢っていた自分とを対比したのである。

秋の夜にふと目が覚める。すると、枕に流した涙の露を払い落とす自分がいた。それは、あの人に捨てられた昔のままの自分である。でも、今しがた途切れた夢の中では、私はあの人と幸せに逢っていた。目が覚めても、愛しいあの人の面影が残っている。ぼんやりとした意識の中で、私は今、恋の喜びと悲しみを、同時に味わっている、というのである。

この歌で使われた、「露払ふ寝覚《ねざ》め」「秋の昔《むかし》」「見果《みは》てぬ夢」「残る面影《おもかげ》」という語句には、いずれも恋の悲しさをイメージさせる効果がある。俊成卿女は、そうした語句を丹念に組み合わせることで、微妙で複雑な恋の気分を表現したのである。

いかにも俊成卿女らしい、デリケートな恋の歌である。

暁《あかつき》の涙《なみだ》や空《そら》にたぐふらむ袖《そで》に落《お》ちくる鐘《かね》の音《おと》かな　（一三三〇　慈円《じえん》）

明《あ》け方《がた》に流《なが》す別《わか》れの涙《なみだ》が、空《そら》で一緒《いっしょ》になっているのだろうか。袖《そで》の上《うえ》に、涙《なみだ》と一緒《いっしょ》に落《お》ちてくる鐘《かね》の音《おと》よ。

✻藤原良経《ふじわらのよしつね》が主催する歌合で、「暁の恋」という題で詠まれた歌である。

和歌の世界では、暁は一緒に夜を過ごした男女が別れる時間帯とされていた（↓「待つ宵に」149頁）。また、暁には寺院の鐘が鳴らされ、夜明けの時刻になったことを人々に知らせた。

作者である慈円は、「暁の恋」という歌題を前にして、まず、「恋人と別れた暁に悲しみの涙を流す」という場面を思いつき、それと、「暁を告げて鳴る寺院の鐘の音」とを組み合わせて、一首を詠もうと考えたのである。

では、涙と鐘の音とを、どう組み合わせるのか。慈円のひらめきが発揮されたのは、まさにこの点である。

彼は、別れの涙と一緒になって、鐘の音が袖の上に落ちてくる、という表現を思いついた。つまり、上空から真っ直ぐ耳に響いてくる鐘の音を、流れ落ちる涙と同じように、まるで目に見えるものであるかのように表現したのである。別れの時刻を告げる鐘の音は、ヴィジュアル化されることで、いっそう強く、別れの辛《つら》さを印象付けることになるのである。

歌合でも、やはりこの第四句の表現が、「心深く聞こゆ」（深い内容があるように聞こえる）と評価されている。慈円の冴えたアイディアが光る一首である。

◆巻第十五《まきのだいじゆうご》　恋歌五《こいのうたのご》

白妙《しろたへ・タエ》の袖《そで》の別《わか》れに露落《つゆお》ちて身《み》にしむ色《いろ》の秋風《あきかぜ》ぞ吹《ふ》く

（一三三六　藤原定家《ふじわらのさだいえ》）

重《かさ》ね合《あ》わせた真《ま》っ白《しろ》な袖《そで》を、離《はな》れ離《ばな》れにしたあの人《ひと》との悲《かな》しい別《わか》れ。その別《わか》れの袖《そで》に、紅《くれない》の涙《なみだ》の露《つゆ》が流《なが》れ落《お》ち、我《わ》が身《み》にしみとおるような、冷《ひ》ややかな秋風《あきかぜ》が吹《ふ》き過《す》ぎていく。

✻「風に寄する恋」という題（↓「聞くやいかに」151頁）で詠まれた歌である。初句と第二句の「白妙の袖の別れ」は、後朝《きぬぎぬ》の別れ（↓「待つ宵に」149頁）のことをいい、『万葉集』の歌から取り入れられた表現である。ただし、『万葉集』では単なる枕詞であった「白妙の」という語句に、この歌では「白」という色彩のイメージを与えている。

第三句の「露」は涙の譬喩《ひゆ》だが、この歌では特に、紅の色をした涙をいう。和歌の世界では、激しい悲しみのために流す涙は血の色、つまり紅色をしているとされたからである。初句と第三句は、「白」の袖と「紅」の涙というふうに、鮮やかな色彩の対比をなしている。

下句の「身にしむ色の秋風」は、次の歌を踏まえて詠まれている。

吹《ふ》きくれば身《み》にもしみける秋風《あきかぜ》を色《いろ》なき物《もの》と思《おも》ひけるかな

(古今和歌六帖《こきんわかろくじょう》 第一 四二三 よみ人しらず)

(吹《ふ》いてくると、しみじみとした秋《あき》の情趣《じょうしゅ》が、我《わ》が身《み》にしみとおっていく秋風を、今までは色のない物と思っていたのだなあ。)

じわっと心に広がる秋の情趣。それが「秋風」の運ぶ「色」だというのである。作者である藤原定家は、「秋風」の「秋」に、恋人が自分に飽きるという意味の「飽き」を掛けて、この表現を取り入れた。つまり、「身にしむ色の秋風」とは、秋のあわれさを運び、恋人の冷ややかさを告げる、そんな「色」をした風なのである(古語の「色」には、気配・様子の意味もある)。

あわれ深い秋の朝の、恋人との別れ。真っ白な袖に落ちる紅の涙。そこを吹き過ぎる冷たい秋の風……。

ここには、純粋に濾過《ろか》された、後朝の別れのイメージだけがある。選び抜いた言葉を精密に組み立て、和歌という形式に、純粋なままのイメージを封じ込めること。それがこの歌を詠んだ、定家の狙いなのであった。

磨き抜かれた宝石のような歌である。数ある定家の歌の中でも、最も定家らしさが発揮された一首といえる。

野辺《のべ》の露《つゆ》は色《いろ》もなくてやこぼれつる袖《そで》より過《す》ぐる荻《をぎ》《オギ》の上風《うはかぜ》《ウワ》

（一三三八　慈円《じえん》）

野原《のはら》の草《くさ》に置《お》く露《つゆ》は、色《いろ》もなしにこぼれ落《お》ちたのだろうか。荻《おぎ》の上葉《うわば》を吹《ふ》く風《かぜ》は、私《わたし》の袖《そで》を吹《ふ》き過《す》ぎてゆく時《とき》に、紅色《くれないいろ》の露《つゆ》をこぼしていったけれど。

✻後鳥羽院が主催する歌合で、「秋の恋」という題で詠まれた歌である。作者である慈円は、男の訪れを待ちわびる女の立場で、この歌を詠んでいる。第二句の「色もなく」は、第四句の「袖」に対応した表現である。「野辺の露は透明で色がないが、袖の露には色がある」として、色のある袖の露、つまり紅涙（→「白妙の」165頁）の存在を言外に暗示しているのである。

第五句の「荻」は、ススキに似たイネ科の多年草で、ススキよりも丈が高く、葉も大きい。和歌の世界では、葉が風に吹かれて音を立て、その音によって秋の寂しさがかきたてられる、というふうに詠まれた。また、「上風」は、草木の上の方の葉を吹く風のことである。上の葉の方が、下の葉よりも、大きな音を立てるとされていた。荻の上葉をそよがせて、寂しげな音を立てた風。その風が、男を待つ女の袖を吹き過ぎて、紅の涙の露をこぼしていった。この紅の涙は、本当は恋の辛《つら》さのためなのだが、女は寂しげな荻の葉の音のせいだと考えた。そして、風の行く先を想像したのである。この風が野原を吹いてゆく時には、今度は、色のない露がこぼれ落ちることになるのだろうか、と。

複雑で入り組んだ事柄を、見事にまとめ上げた歌である。まるで、上手に組み立てられたパズルのようである。実際、歌合の時にも、第二句の「色もなく」によって、下句の紅涙を暗示する表現が、「いみじくをかし」（とても面白い）と評価されたのである。

この歌は、当時からすでに評判の高い一首であった。鴨長明は、『新古今和歌集』の恋歌ベスト3の中に、この歌を選んでいる。

かきやりしその黒髪《くろかみ》の筋《すぢ》《スジ》ごとにうち臥《ふ》すほどは面影《おもかげ》ぞ立《た》つ

（一三九〇　藤原定家《ふじわらのさだいえ》）

一緒《いっしょ》に夜《よ》を過《す》ごしたあの時《とき》に、私《わたし》が払《はら》いのけてやった、愛《いと》しいあの人《ひと》の黒《くろ》髪《かみ》。寂《さび》しい独《ひと》り寝《ね》をしているこんな時《とき》には、その黒髪《くろかみ》の一本一本《いっぽんいっぽん》まで鮮《あざ》やかに、あの人《ひと》の面影《おもかげ》が浮《う》かんでくるよ。

✻この歌は、『後拾遺和歌集《ごしゅういわかしゅう》』の次の歌を本歌にして詠まれている。

黒髪《くろかみ》の乱《みだ》れも知《し》らずうち臥《ふ》せばまづかきやりし人《ひと》ぞ恋《こひ》しき　（恋三　七五五　和泉式部《いずみしきぶ》）

（黒髪《くろかみ》が乱《みだ》れるのも構《かま》わずに、心《こころ》を乱《みだ》して横《よこ》になると、初《はじ》めて私《わたし》の髪《かみ》を払《はら》いのけてくれたあの人《ひと》のことが、恋《こい》しく思《おも》われてならない。）

和泉式部のこの歌は、自分の髪を優しく払いのけてくれた男に対する、女の切ない恋心を詠んでいる。それを藤原定家は、男の立場の歌へと、大胆に詠み変えたのである。

豊かな黒髪は、この時代の女性の美の条件であった。だから、恋しい女の黒髪に触れた記憶は、男にとって忘れがたい印象を残したのである。

恋人のいない一人の夜、男にまず思い浮かんだのは、女の黒髪に触れたあの時の感触であった。指に残る女の記憶。その記憶こそが、愛しい女の幻の姿を、男の脳裏に浮かばせたのである。

「恋し」とか「悲し」とか、気持ちを直接表す言葉を使わずに、触覚（手に触れた黒髪）と視覚（頭に浮かんだ面影）を重ね合わせることで、恋の思いを感覚的に表現したのである。

男の立場の恋歌で、こんな官能的な感じを与える歌は他に例がない。非常にユニークな一首である。

◆巻第十六《まきのだいじゅうろく》　雑歌上《ぞうのうたのじょう》

世《よ》の中《なか》を思《おも》へ《エ》ばなべて散《ち》る花《はな》の我《わ》が身《み》をさてもいづ《ズ》ちかもせむ《ン》

（一四七一　西行《さいぎょう》）

この世《よ》の中《なか》について考《かんが》えると、すべては散《ち》る花《はな》のように、無常《むじょう》ではかないものである。さてそれでは、この我《わ》が身《み》をいったい、どこへもって行《い》ったらよいだろうか。

✽この歌を収めた雑の巻には、四季や恋など、他の部立てには属さない歌が集められている。

この歌も、花を詠んだというよりは、花を見て抱いた個人的な思いを詠んでいるので、四季ではなく、雑の巻に分類されたのである。

散り落ちる桜の花。それは昔から、人々にこの世のはかなさを思い知らせてきた。

西行もまた、散る桜を前にして、この世の無常を痛感したのである。この桜のように、万物はつねに移り変わり、やがては滅び去ってしまうのだ、と。

しかし、無常なこの世にありながら、我が身はなおも生き続けている。そうすると、自分はこれから先、この我が身をいったい、どこに向かわせればよいのか。こう西行は、自分の心に問いかけたのである。

つまりこの歌は、無常の世の中で生きるとは、果たしてどういうことなのかと、問うているのである。現代の我々にとっても、重く響く問いかけであろう。

この歌について、藤原定家《ふじわらのさだいえ》は次のように批評している。「作者は深く心を悩ませながら、一句一句に思いを込めて、この歌を詠んでいる」と。定家もまた、西行の問いかけを重く受け止めていたのである。

めぐり逢《あ》ひて《イ》見《み》しやそれともわかぬ間《ま》に雲隠《くもがく》れにし夜半《よは》《ヨワ》の月影《つきかげ》

（一四九九　紫式部《むらさきしきぶ》）

めぐり逢《あ》って、いま見《み》たのがそれ（月《つき》）だったかどうかも分《わ》からないうちに、早《はや》くも雲《くも》に隠《かく》れてしまった、夜中《よなか》の月《つき》であるよ。――その月《つき》のように、久《ひさ》しぶりに出会《であ》ったのに、その人《ひと》だったかどうかも分《わ》からないうちに、慌《あわ》ただしく姿《すがた》を隠《かく》してしまったあなたです。

＊『百人一首』にも選ばれた歌である。『新古今和歌集』によると、この歌は、次のような事情で詠まれたという。ある年の七月十日ころ、作者である紫式部は、長らく逢えずにいた幼なじみと顔を合わせた。しかしその人は、まるで月と競争するかのように、急いで家に帰ってしまった。それを名残惜しく思って、この歌を詠んで贈った、というのである。

彼女が歌を贈った相手は、おそらく女性であろう。紫式部は、同性の友人に対して、深い愛情を抱きやすいタイプの人だったようである。彼女は、ゆっくりと女同士の話もできずに別れてしまったことを、心から惜しんでいるのである。

なお、紫式部の個人歌集にもこの歌が載り、ほぼ同じ内容の作歌事情が記されている。ただ、日付が「七月十日」でなく「十月十日」となっている。どちらが正しいのかはっきりしないのだが、現在は十月説の方が有力視されている。

いずれにせよ、この歌が陰暦十日ころの月の夜に詠まれたことは確かである。この時期の月は、午後の明るいうちに空に昇って、夜中の早い時間には沈んでしまう。紫式部は、すぐに沈んでしまう月を惜しむ気持ちと、友との慌ただしい別れを惜しむ気持ちとを重ね合わせて、この歌を詠んだのである。

折りからの月に託すことで、友を思う気持ちは深みを増し、さらに優美なものとなった。生活の中に和歌が生きていた、いかにも王朝時代の作品らしい一首である。

天《あま》の戸《と》をおしあけ方《がた》の雲間《くもま》より神代《かみよ》の月《つき》の影《かげ》ぞ残《のこ》れる

（一五四七　藤原良経《ふじわらのよしつね》）

天上《てんじょう》の門《もん》を押《お》し開《あ》けて夜《よ》が明《あ》ける、その明《あ》け方《がた》の雲《くも》の間《あいだ》から、神々《かみがみ》の時代《じだい》のままの月《つき》の光《ひかり》が、残《のこ》って見《み》えているよ。

✻春日《かすが》大社に奉納した歌合で、「暁の月」という題で詠まれた歌である。

初句の「天の戸」は、天上の世界にあるとされた門のことで、夜が明ける時には、太陽がこの門を押し開けて出てくると考えられていた。また、第二句の「おしあけ方」は、押し開けの「開け」に、明け方の「明け」を掛けた表現である。

この歌は、『新古今和歌集』に選ばれた、次の歌を本歌にして詠まれている。

天《あま》の戸《と》をおしあけ方《がた》の月見《つきみ》れば憂《う》き人《ひと》しもぞ恋《こひ》しかりける

（恋四　一二六〇　よみ人しらず）

（明《あ》け方《がた》の月《つき》を見《み》ると、私《わたし》に対《たい》して薄情《はくじょう》なあの人《ひと》のことが、恋《こい》しく思《おも》われるよ。）

作者である藤原良経は、この初句と第二句の表現に、神話的なイメージを与えて取り入れたのである。

彼が踏まえた神話として、考えられるものが二つある。一つは、天照大神《あまてらすおおみかみ》の岩戸隠れの神話である。天照大神が、弟の素戔嗚尊《すさのおのみこと》の乱暴に腹を立て、天の岩戸に隠れてしまう。困った八百万《やおよろず》の神々は、あれこれと手段をめぐらす。すると、天照大神が、岩戸を開けて再び姿を現す、という話である。

もう一つは、天照大神の孫である瓊瓊杵尊《ににぎのみこと》の、天孫降臨の神話である。『日本書紀』によれば、瓊瓊杵尊は、「天の磐戸《いはと》を引き開け、天の八重雲を排《お》し分けて」、天上から地上に降ったとされている。

実はどちらにも、藤原氏の先祖の神である、天児屋命《あまのこやねのみこと》が登場する。春日大社に祭られているのも、この神である。作者の良経は、春日大社に捧《ささ》げたこの歌で、みずからの先祖の神が活躍した時代へと、遠く思いをはせているのである。

現在の月の光に、神々の時代の月の光を重ね合わせた、スケールの大きな一首である。

◆巻第十七　雑歌中《まきのだいじゆうななぞうのうたのちゆう》

人《ひと》住《す》まぬ不破《ふは》の関屋《せきや》の板《いた》びさし荒《あ》れにし後《のち》はただ秋《あき》の風《かぜ》

（一六〇一　藤原良経《ふじわらのよしつね》）

もはや誰《だれ》も住《す》む人《ひと》のいない、不破《ふわ》の関所《せきしよ》の番小屋《ばんごや》の、板《いた》で作《つく》った屋根《やね》のひさしよ。荒《あ》れ果《は》ててしまってからは、ただ秋風《あきかぜ》が吹《ふ》き過《す》ぎるばかり……。

✻建仁元年（一二〇一）に、後鳥羽院が主催する歌合で、「関路《せきぢ》の秋風」という題で詠まれた歌である。

第二句の「不破の関」は、美濃《みの》国の関ヶ原（現在の岐阜県）にあった関所のことである。古代に設置され、警護の厳しい関所として知られていたが、延暦《えんりやく》八年（七八九）に廃止された。この歌は、そうした「不破の関」の歴史を踏まえて詠まれている。かつて、堅固を誇った不破の関所も、すでに廃止されて久しい。もはや住む人のない関所の番小屋は荒廃して、今にも崩れ落ちそうである。板屋根のひさしもすっかり荒れ果てて、吹きつける秋風に、むなしく音を立てるばかりだ、というのである。

古来、名歌の誉れ高かった一首である。特に、第五句の「ただ秋の風」という思い切った省略表現が、高く評価されてきた。実際、この句の印象は、際立って鮮やかである。江戸時代の古典学者である契沖《けいちゅう》は、漢詩の一節を取り入れた表現であると指摘している。確かにこの句には、漢詩の言葉遣いのような雰囲気がある。作者である藤原良経は、和歌ばかりでなく、漢詩の名手としても知られていた。この第五句は、そうした良経ならではの表現なのである。

それにしても、この歌に詠まれた情景は、あまりに寂しく寒々としている。良経は、歴史の中に滅びてゆくものを、しばしば歌に詠んでいる。血筋もよく、教養にも優れた彼の心には、いったいどんなイメージが刻み込まれていたのだろう。

奥山《おくやま》のおどろが下《した》も踏《ふ》み分《わ》けて道《みち》ある世《よ》ぞと人《ひと》に知《し》らせん

（一六三五　後鳥羽院《ごとばのいん》）

奥山《おくやま》の藪《やぶ》や茨《いばら》の下《した》までも踏《ふ》み分《わ》けて道《みち》をつけ、正《ただ》しい政治《せいじ》の道《みち》が存在《そんざい》する世《よ》の中《なか》なのだと、天下《てんか》の人々《ひとびと》に知《し》らせよう。

✻承元《じようげん》二年（一二〇八）に、後鳥羽院がみずから催した歌合で、「山に寄する雑」という題で詠んだ歌である。「山に寄する雑」とは、山にちなんで雑の歌を詠む題である。

元久二年（一二〇五）に、『新古今和歌集』がいったん成立すると、後鳥羽院の関心は、急速に和歌から政治へとシフトしていった。院の目標は、自分がトップに立つ天皇家の力を強化すること、つまり、政治であれ経済であれ、すべてを自分の支配下に置くことにあった。

そこで問題となるのが、鎌倉幕府の存在である。院にとっての幕府とは、あくまで自分の命令に従うべきもの、自分の政治に力を貸すべきものであるに過ぎなかった。ところが現実には、幕府は事あるごとに、院の意向と対立する態度を示したのである。院の心の中には、幕府に対する不満が募っていった。そしてついに、倒幕の軍事行動を起こすのである。承久《じようきゆう》の乱（一二二一年）である。

結果は無惨であった。圧倒的な幕府の軍事力の前に、ろくな抵抗もできずに敗北。院は隠岐島《おきのしま》に幽閉され、二度と都の土を踏むことなく、西海の孤島に没するのである。

後鳥羽院はこの歌で、いかなる障害や困難をも乗り越えて、正しい政治が行われる世の中を実現するという、強い決意を表明している。倒幕の意志が示された歌だとする見方もあるが、この時期の後鳥羽院には、まだそこまでの考えはなかったようである。自分に従わない鎌倉幕府が存在するとはいえ、断じて理想とする政治を行うのだと、高らかに歌い上げているのである。いかにも後鳥羽院らしい、率直な一首である。

この歌は、いったん成立した『新古今和歌集』に、後鳥羽院の命令で追加された。後鳥羽院にとって、強い思い入れのある作品だったのである。

❢『新古今和歌集』の仮名序《かなじょ》

『新古今和歌集』には、『古今和歌集』と同じく、仮名（平仮名書きの文）と真名《まな》（漢文）の、二つの序文が付けられている。特に、藤原良経《ふじわらのよしつね》が執筆した仮名序は、比類ない名文として、昔から高く評価されてきた。

『古今和歌集』の仮名序は、撰者《せんじゃ》の一人である紀貫之《きのつらゆき》が、撰者の立場で書いたものである。これに対して、『新古今和歌集』の仮名序は、撰者でなかった藤原良経が、下命者である後鳥羽院《ごとばのいん》の立場で書いている。

後鳥羽院は、撰者に命令を下すだけでなく、みずから『新古今和歌集』の編集作業に携わった。『新古今和歌集』の実質的な撰者は、後鳥羽院だと言えるのである。良経は、そうした後鳥羽院の作業を補佐する立場にいた。だから、彼が院の代理になって、院の立場で序文を書いたのである。

『新古今和歌集』の仮名序は、『古今和歌集』の仮名序と違って、和歌の政治的な効用を強調している。和歌には、世の中を治め、国民の心を穏やかにする働きがある、というのである。国を統治すべき後鳥羽院の立場からすれば、当然の主張であったろう。

古畑《ふるはた》の岨《そは》《ソワ》の立《た》つ木《き》にゐ《イ》る鳩《はと》の友呼《ともよ》ぶ声《こゑ》《コエ》のすごき夕《ゆふ》《ユウ》暮《ぐ》れ

（一六七六　西行《さいぎょう》）

山《やま》の急《きゅう》な斜面《しゃめん》にある荒《あ》れ果《は》てた畑《はたけ》。そこに立《た》っている木《き》から、友《とも》を呼《よ》ぶかのように聞《き》こえてくる鳩《はと》の鳴《な》き声《ごえ》が、ぞっとするほど寂《さび》しく感《かん》じられる、この夕暮《ゆうぐ》れよ。

＊作者である西行が、旅の途中で実際に目にした情景を詠んだ歌である。

初句の「古畑」は、手入れせずに放置した畑のことをいう。そうしておくのは、再び畑として使う時に、茂った草木を焼いて、農作物の肥料にするためである。これを焼き畑と呼ぶ。焼き畑は、平地に乏しい山間部で行われる農法であった。第二句の「岨」は、そうした焼き畑が行われる、険しい地形のことである。

夕暮れの山の中、急斜面の荒れ果てた畑にぽつんと立つ木。そこから、まるで友を呼ぶかのような、くぐもった鳩の鳴き声が聞こえてきた、というのである。

荒涼とした世界に響く、友を呼ぶ鳩の声。それを西行は、「すごき」と聞いた。「すごき」とは、背筋が寒くなるような、ぞっとするほどの寂しさを表す。この情景を前にした時、西行は、自分の存在を揺すぶるかのような、底知れぬ孤独感に襲われたのである。

このような情景を詠んだ歌は、ほとんど例がない。まして、それを「すごき」ととらえる感覚は、西行だけにしか見られないものである。他の歌人には決して真似できない、西行ならではの世界である。

◈巻第十八《まきのだいじゅうはち》　雑歌下《ぞうのうたのげ》

海《うみ》ならずたたへ《エ》る水《みづ》《ミズ》の底《そこ》までに清《きよ》き心《こころ》は月《つき》ぞ照《て》らさむ《ン》

（一六九九　菅原道真《すがわらのみちざね》）

海《うみ》どころではなく、もっと深《ふか》く満《み》たされた水《みず》の底《そこ》くらいに、清《きよ》らかで人《ひと》に知《し》られない私《わたし》の心《こころ》は、ただこの明《あか》るい月《つき》だけが照《て》らし出《だ》してくれるのだろう。

✻『新古今和歌集』の雑下の巻には、冒頭から十二首続けて、菅原道真の歌が並べられている。学者の家に生まれ、異例の出世を遂げた道真だが、左大臣の藤原時平《ふじわらのときひら》に憎まれ、無実の罪を着せられて、九州の大宰府《だざいふ》（現在の福岡県）に追放されてしまう。この十二首は、そのような道真が、追放先の大宰府で詠んだ望郷と嘆きの歌、ということになっている。

勅撰《ちょくせん》和歌集で、十二首も同じ作者の歌が並ぶのは、非常に珍しい。これは、後鳥羽院と撰者達（特に藤原定家）が、道真の正義を広く世に知らせようとして行ったことなのである。その背景には、この時期からいっそう盛んになった、天神信仰があると考えられている（道真は死後、天神様として人々から信仰されるようになった）。

この歌は、そうした十二首の中の一首である。海より深い水の底のように、人知れず清らかな私の心の奥底を、空の月だけは知っている、として、天地に恥じない我が身の潔白を訴えているのである。

格調高く、いかにも道真らしい歌、と思える。しかしこの十二首は、実は道真の作ではなく、後の時代の人が、道真になり代わって詠んだ歌なのである。どうやら、「道真らしく詠む」という、遊び心から生まれた歌らしいのである。

ただ、『新古今和歌集』の時代には、これらの歌は、すべて道真の真作と考えられていた。だから、後鳥羽院と撰者たちは、あくまで道真が詠んだものとして『新古今和歌集』に選んだのである。

現代の我々は、菅原道真という実在の人物の歌としてではなく、後の時代の人々がイメージした、悲劇の物語の主人公である道真の歌として、この一首を味わうべきだろう。

うき世《よ》出《い》でし月日《つきひ》の影《かげ》のめぐりきて変《か》はら《ワ》ぬ道《みち》をまた照《て》らすらむ《ン》

（一七八四　慈円《じえん》）

あなたが出家《しゆつけ》なさった時《とき》と、同《おな》じ月日《つきひ》の光《ひかり》がめぐってきて、その光《ひかり》が、昔《むかし》と変《か》わらない仏道修行《ぶつどうしゆぎよう》の道《みち》を、また新《あら》たに照《て》らしているのでしょう。

✻作者である慈円のところに、比叡山《ひえいざん》での修行を終えた西行から、手紙が届いた。その手紙には、「今日は、私がかつて出家したのと、同じ月日です」と書かれていた。この歌は、その返事として西行に贈られたものである。

第二句の「月日の影」は、手紙にあった日付の意味の「月日」を、天体の「月日」の意味に読み変えて、そこに「影」（光のこと）を加えた表現である。

手紙を読んだ慈円は、西行の気持ちを思いやったのである。出家されたのと同じ日付の今日、きっとあの方は、出家した当時のことを思い出し、今後の修行への思いを

比叡山　（写真提供：アフロ）

新たにされているだろう、と。

西行は、慈円よりも三七歳年長で、仏道においてはもちろん、歌道においても大先輩にあたる人物だった。慈円はこの歌で、西行がこれから歩んでいく修行の道には、出家した昔と変わらない明るい光が射しているだろうと、祝福のメッセージを送ったのである。敬愛する先輩に対する、温かい思いやりに満ちた一首である。

◆慈円《じえん》と和歌

ある時、慈円のところに、兄の信円《しんえん》から次のような手紙が届いた。あなたは、仏教界で責任のある立場にいる人である。なのに、人々の噂になるくらい、和歌に没頭しているという。今後は、自分の立場をよくわきまえて、もう和歌とは関わらないようにしなさい、と。

仏教の教えでは、和歌を始めとする文学は、軽薄で価値のないものとされていた。しかも慈円は、天台座主《てんだいざす》（天台宗のトップの地位）を四回も務めるほど、位の高い僧侶《そうりょ》だったのである。

兄の手紙に対して、慈円は次の歌を返事に贈った。

皆人《みなひと》に一《ひと》つの癖《くせ》はあるぞとよこれをば許《ゆる》せ敷島《しきしま》の道《みち》

（人間《にんげん》には、誰《だれ》にでも一《ひと》つくらい、欠点《けってん》があるといいます。ですから、和歌《わか》に親《した》しむ私《わたし》の欠点《けってん》も、大目《おおめ》にみて下《くだ》さい。）

信円は呆《あき》れて、忠告することをやめてしまったという。慈円の洒落《しゃれ》た人柄をしのばせるエピソードである。

小笹原《をざさはら》風待《かぜま》つ露《つゆ》の消《き》えやらずこのひとふしを思《おも》ひ《イ》置《お》くかな

（一八三　藤原俊成《ふじわらのとしなり》）

小《ちい》さい笹《ささ》が生《お》い茂《しげ》った野原《のはら》の、風《かぜ》を待っている露《つゆ》。そんな露《つゆ》のように、今《いま》にも消《き》えそうで消《き》えずにいる私《わたし》は、この、子供《こども》にちなむ一《ひと》つの事柄《ことがら》だけに思《おも》いを残《のこ》して、生《い》きながらえているのです。

✻作者である藤原俊成は、八九歳になった建仁二年（一二〇二）の三月に、命にかかわる重病を患った。死を覚悟した彼の心には、何よりもまず、息子の定家のことが思い浮かんだ。俊成は、大納言をつとめた先祖の家柄を取り戻したいと願い、自分が果たせなかったその夢を、息子の定家に託していたのである。しかし、定家の官職は、一四年間も停滞したままだった。そこで彼は、病床でこの歌を詠み、息子を昇進させてもらえるように、後鳥羽院に訴えたのである。

初句と第二句の「小笹原風待つ露」は、今にも風に吹かれて消えそうな、笹原の露のことである。この両句は、第三句の「消えやらず」を導く序詞《じょことば》として働くとともに、瀕死《ひんし》の状態にある我が身の譬《たと》えにもなっている。

第四句の「このひとふし」は、「この一つの事柄」という意味だが、「この」に「子の」を掛け、「子供に関する一つの事柄」、つまり「息子である定家の昇進の一件」という意味にもなっている。

そして、第二句の「露」と、第三句の「消え」、第五句の「置く」が縁語になり、さらに第四句の「ひとふし」も、「一節」の意味を掛けて、初句の「小笹」と縁語になるのである。

序詞・縁語・掛詞《かけことば》と、和歌のテクニックを駆使して詠まれた歌である。しかもこのテクニックによって、息子の昇進という現実的で生々しい訴えが、自然の情景と無理なくからみ合わされている。その結果、彼の訴えは優美な姿をとり、よりいっそう哀れ深いものとなった。病中にある高齢の人物が詠んだとは思えない、完成度の高い一首である。

この年の閏《うるう》十月、定家は晴れて中将（近衛《このえ》府の次官）に昇進した。後鳥羽院は、この歌に込められた俊成の願いを聞き届けたのである。

●枕詞《まくらことば》・序詞《じょことば》

枕詞は、ある語句を導き出すために、その語句の直前に置かれる言葉のことをいう。歌の調子を整える働きがあり、普通は現代語訳から省かれる。多くが五音節からなり、決まった語句に掛かっていく。例えば、「足引《あしひ》きの」という枕詞は「山」に掛かり、「久方《ひさかた》の」という枕詞は「光」に掛かる、という具合である。

序詞も、ある語句を導き出すのは同じだが、枕詞と違って、音の数も掛かる語句も、作者の自由に任されている。例えば、「瓶《みか》の原」の歌（↓123頁）や、「由良《ゆら》の門《と》を」の歌（↓133頁）に見られるのが、典型的な序詞である。

枕詞と序詞は、『新古今和歌集』の時代よりも、ずっと前に盛んだった技法である。『新古今和歌集』の時代には、本来の用法を超えて、もっと複雑な使われ方がされた。例えば、藤原定家の「白妙《しろたへ》の」の歌（↓165頁）の枕詞や、藤原俊成の「小笹原《をざさはら》」の歌（↓190頁）の序詞である。どちらの場合も、言葉の機能を最大限に生かそうとしているのである。

ながらへばまたこの頃《ごろ》やしのばれん憂《う》しと見《み》し世《よ》ぞ今《いま》は恋《こひ》しき

（一八四三　藤原清輔《ふじわらのきよすけ》）

もし生《い》き長《なが》らえたならば、その時《とき》にはまた、現在《げんざい》のことが懐《なつ》かしく思《おも》い出《だ》されるのだろうか。辛《つら》いと思《おも》っていた昔《むかし》の日々《ひび》が、今《いま》では恋《こい》しく思《おも》い出《だ》されるよ。

✻『百人一首』にも選ばれた歌である。『新古今和歌集』の詞書には、「題知らず」と書かれているだけだが、作者である藤原清輔の個人歌集には、「いにしへ思ひ出でられける頃」に詠まれたと記されている。つまり清輔は、現在を不幸に感じ、過去のことを懐かしく思い出している時に、この歌を詠んだのである。

そして思ったのである。辛かった昔のことが、今ではこんなにも恋しく思い出される。それならば、現在のこの辛さも、やがて将来には、懐かしいものと感じられるようになるのではないか、と。

時間に癒《いや》され、慰められる人の心。その真理を見事に言い当てた歌である。心にしみいるような、忘れがたい印象を残す一首である。

この歌は、大治《だいじ》五年（一一三〇）から保延《ほうえん》二年（一一三六）までの間、作者の年齢で言うと、二三歳から二九歳までの間に詠まれた。歌の内容からすると、ちょっと作者の年齢が若過ぎるように感じられる。ただ、清輔は父親に嫌われ、不幸な青年時代を過ごしていた。だから、二〇歳代の作としても、特に不自然ではないのである。

◆巻第十九　神祇歌《まきのだいじゆうきゆうじんぎのうた》

石川《いしかは》《カワ》や瀬見《せみ》の小川《をがは》《オガワ》の清《きよ》ければ月《つき》も流《なが》れを尋《たづ》《タズ》ねてぞすむ

（一八九四　鴨長明《かものちようめい》）

石川《いしかわ》の瀬見《せみ》の小川《おがわ》が清《きよ》らかなので、賀茂《かも》の神《かみ》はこの地《ち》にお住《す》まいになられたのだが、月《つき》もまた、この流《なが》れを探《さが》し求《もと》めて、澄《す》んだ姿《すがた》を川面《かわも》に映《うつ》しているのだな。

✤神祇の巻には、神の詠んだ歌や、神にちなんだ歌が集められている。

この歌は、賀茂神社に奉納された歌合で、「月」という題で詠まれた。初句と第二句の「石川や瀬見の小川」は、山城国（現在の京都府）の歌枕で、賀茂神社のほとりを流れる、加茂川の古い呼び方である。第四句の「月も」は、「賀茂神社の神と同様に、月も」の意味。歌題が「月」だったので、月を詠み込んで神を暗示

下鴨神社　（写真提供：アフロ）

したのである。また、第五句の「すむ」には、月が「澄む」と神が「住む」の意味が掛けられている。

作者である鴨長明は、賀茂の地の清らかさを詠むことで、そこに住んでいる神の力をほめ讃《たた》えようとした。賀茂の神を讃えたのは、この歌が賀茂神社に捧《ささ》げられたからである。それに長明は、賀茂神社に仕える神官の一族の出身でもあった。この歌は、歌合の目的にも、作者の立場にもマッチした一首なのである。

「石川や瀬見の小川」という加茂川の呼び方は、当時の歌人達には、まったく知られていないものだった。長明は、賀茂神社の歴史を記した特別な文書を見て、この古称を知ったのである。賀茂の神を讃える歌だから、神の時代を思わせる古い呼び方を使ったわけである。

古典和歌研究の第一人者だった顕昭（↓「萩が花」61頁）も、この呼び方を知らなかった。彼がそれを知ったのは、長明のこの歌によってである。しかし顕昭は、後になってから、自分こそがこの古称を最初に使ったかのように主張している。長明は、いわば著作権を侵害されたのである。

ただ、『新古今和歌集』の撰者達は、その辺の事情を承知していたらしい。『新古今和歌集』には、彼のこの歌が選ばれた。それを知った長明は、「生死《しゃうじ》の余執」（死後にまで残る執着）になるくらい喜んだ、と述べている。無念を晴らした思いだったのだろう。

●鴨長明《かものちょうめい》

現在は『方丈記』の作者として知られているが、生前は和歌と音楽の世界で有名な人だった。

早い時期から歌人として活躍し、やがて後鳥羽院にも実力を認められ、様々な歌の催しに参加した。和歌所《わかどころ》の寄人《よりゅうど》にも名を連ね、『新古今和歌集』の編集事業に貢献している。

しかし、同集の成立に先立つ元久元年《げんきゅう》（一二〇四）、突然姿をくらまし、間もなく出家してしまった。期待した神官のポストに就任できず、世をはかなんだためとされている。

その後は、おおむね修行と思索に明け暮れる生活を送ったようである。藤原雅経《ふじわらのまきつね》と鎌倉に旅をし、将軍の源実朝《みなもとのさねとも》と面会したこともある。

『方丈記』の他、歌論書の『無名抄《むみょうしょう》』、仏教説話集の『発心集《ほっしんしゅう》』を著した。また、音楽家としての逸話が、『十訓抄《じっきんしょう》』という説話集などに伝えられている。

◆巻第二十《まきのだいにじゅう》　釈教歌《しゃっきょうのうた》

静《しづ》かなる暁《あかつき》ごとに見渡《みわた》せばまだ深《ふか》き夜《よ》の夢《ゆめ》ぞ悲《かな》しき

（一九六九　式子内親王《しょくしないしんのう》）

毎日《まいにち》、静《しず》かな夜明《よあ》けに見渡《みわた》すと、まだ深《ふか》い夜《よる》に見《み》る夢《ゆめ》のような、煩悩《ぼんのう》にとらわれた迷《まよ》いの中《なか》にいる。それが悲《かな》しい。

✻釈教の巻には、仏や菩薩《ぼさつ》が詠《よ》んだ歌、経典の教えを詠んだ歌などが集められている。

この歌は、「毎日晨朝《じんでう》に諸定《しょぢゃう》に入《い》る」という、経典の一句を題にして詠まれている。句の意味は、「毎朝早く、地蔵菩薩は精神を統一して煩悩を払い、迷える人々を救済しようとする」というものである。

作者である式子内親王は、経典の一句を踏まえ、地蔵菩薩になり代わってこの歌を詠んでいる。煩悩を逃れた地蔵菩薩の私には、いまだ迷いの中にいる人々が、哀れで悲しく思える、というふうに、地蔵菩薩の立場から、人間の愚かさを嘆いているのである。

ただこの歌には、単に地蔵菩薩の嘆きだけが詠まれているのではない。式子内親王は、菩薩の立場で歌を作ろうとした時に、その目に映った自分自身の姿を、はっきりと意識したのである。地蔵菩薩から見れば、彼女もまた、迷える人々の一人に過ぎない。いまだ彼女も、「深き夜《よ》の夢」の中をさまよい続けているのである。

つまりこの歌には、人間の愚かさを嘆く地蔵菩薩の心とともに、愚かな自分を嘆く作者自身の心が、同時に詠み込まれているのである。

自分という存在の悲しみを見つめた、哀れ深い釈教歌である。

盗作

『新古今和歌集』の時代にも、盗作は重大なルール違反だった。特に、最近詠まれた歌の表現を盗むのは、最大の禁止事項とされていた。

順徳院《じゅんとくいん》の著した『八雲御抄《やくもみしょう》』という歌学書に、次のようなエピソードが載っている。

藤原雅経《ふじわらのまさつね》は、『新古今和歌集』を代表する歌人の一人だが、自分が気に入った他人の表現を、つい盗んでしまう癖があった。

また、似絵《にせえ》の名手として有名な藤原隆信《ふじわらのたかのぶ》は、年をとってから記憶力が衰え、うろ覚えの他人の歌を、しばしば自分の新作だと思い込んで発表してしまった。

順徳院は、故意の盗作でない場合は過ちではないが、やはり自分の歌を人に見せて、類似作がないかをチェックしてもらうべきだ、と述べている。

解説

1　新古今和歌集の成立

正治二年（一二〇〇）、院政を開始して間もない後鳥羽院《ごとばのいん》は、二十三名の歌人に、百首歌を詠んで提出するように命じた。正治初度百首《しょうじしょどひゃくしゅ》と呼ばれる催しである。作者の中には、藤原定家《ふじわらのさだいえ》も含まれていた。この時、初めて定家の和歌に接した後鳥羽院は、その斬新《ざんしん》さに驚愕《きょうがく》し、たちまち心を奪われてしまった。そして、みずから定家の歌風を学び、和歌活動に熱中し始めたのである。後鳥羽院二十一歳、定家三十九歳。新古今和歌集の出発点となる、歴史的な出会いであった。

和歌に情熱を燃やす後鳥羽院のもとには、身分や立場を問わず、様々な顔ぶれの歌人達が集められた。藤原良経《ふじわらのよしつね》の邸を拠点に活動していた、ニューウェーブの歌人達。彼らと対立する、保守的な考えを持った六条藤家《ろくじょうとうけ》の人々。また、政治の中枢にいた高官や、院の近臣の歌人達。さらには、地下《じげ》と呼ばれる低い身分の人々や、女性の歌人達などである。

こうした一大歌人集団を率いて、後鳥羽院は頻繁に和歌の行事を催した。歌人達もまた、院に劣らぬ熱意をもって催しに参加した。和歌界は、史上まれに見る活況を呈

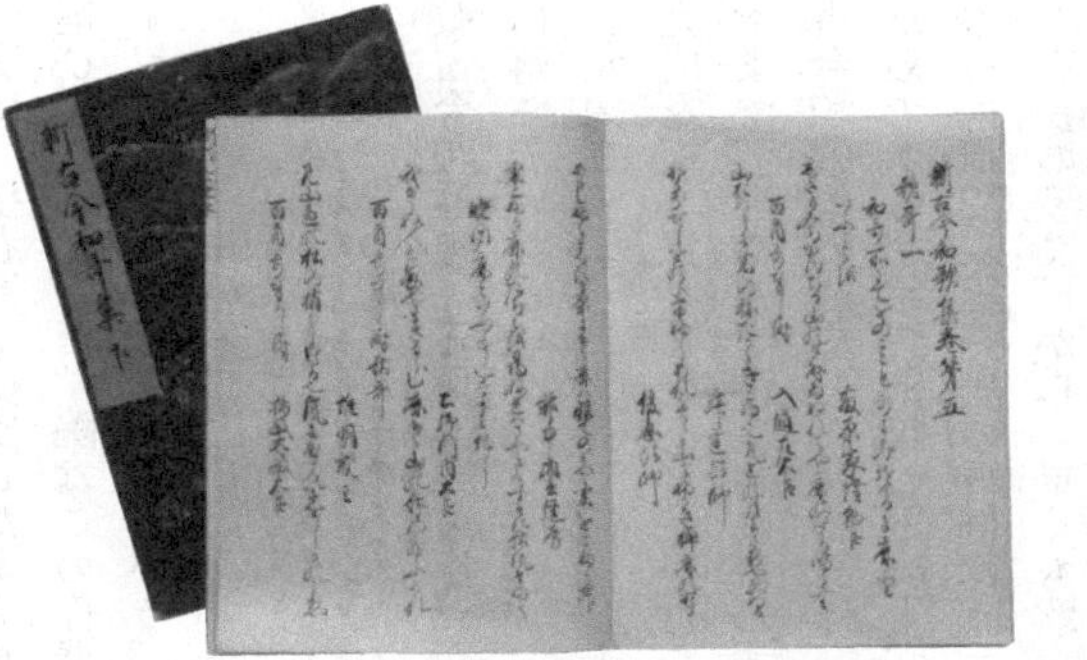

新古今和歌集〈江戸時代中期写本〉（早稲田大学蔵）

したのである。

建仁元年（一二〇一）七月二十七日、後鳥羽院は命令を発し、和歌所という役所を二百五十年ぶりに復興した。和歌界の盛り上がりを背景にしての措置である。寄人《よりゅうど》（職員）には、藤原良経ら十一名が任命され（後に三名が追加される）、開闔《かいこう》（事務長）には、源家長が選ばれた。そして、十一月三日、寄人の中の六名に、勅撰和歌集《ちょくせんわかしゅう》の撰者となるよう命令が下された。その六名とは、源《みなもとの》通具《みちとも》・藤原定家・藤原家隆《ふじわらのいえたか》・藤原有家《ふじわらのありいえ》・藤原雅《ふじわらのまさ》経《つね》・寂蓮《じゃくれん》である。ただし寂蓮は、この後すぐに亡くなったため、実際の撰者は、寂蓮を除く五名ということになる。

撰者達はまず、それぞれに歌を選び、歌集の形に整えたものを作って、後鳥羽院に提出した。この作業は、建仁三年（一二〇三）の四月までに終えられた。

次に、撰者達が提出した歌集を、後鳥羽院がみずから目を通し、さらに優れた歌を選び出していった。院はこの作業を、三度も繰り返して行ったため、二千首もの歌をすべて暗記してしまったという。元久元年（一二〇四）の六月に終了。

続いて、院が選び出した歌を一つの本にまとめ、二十の巻に分類し、並べ直していく作業が行われた。ここでも院は、撰者達を指揮し、作業の全般に深く関与した。

また、集の題名が決められたのもこの時期である。最初は「続古今和歌集」や「新撰古今和歌集」という案も出たが、あれこれ議論が交わされた結果、「新古今和歌集」に落ち着いたという。

元久二年（一二〇五）二月二十二日、全部の作業が一応完了。三月二十六日には、完成を祝う竟宴《きょうえん》という宴会が行われた。もっとも、まだ良経執筆の仮名序は未完成のままで、全巻の清書も間に合わず、草稿本の状態であった。急いで竟宴を行ったのは、古今和歌集の成立した延喜五年（九〇五）に、完成した年の干支《えと》を合わせようとしたためである。元久二年の干支も、延喜五年と同じ乙丑《きのとうし》だった。実際、仮名序に記される新古今和歌集完成の日付は、元久二年三月二十六日となっている。

竟宴の翌々日から、早くも歌を追加したり削除したりする、切継《きりつぎ》の作業が始められた。院が命令する際限のない切継作業に、定家はたまらず愚痴を漏らしている（定家の『明月記』という日記に記されている）。これが承元四年（一二一〇）の九月まで続く。そして作業の完了した最終本文を建保四年（一二一六）に源家長が書写している。

その後、後鳥羽院は承久の乱（一二二一年）を引き起こし、敗れて隠岐島《おきのしま》に幽閉された。配所の院は、あらためて新古今和歌集の精選に取り組み、四百首近い歌を削除して、いわゆる「隠岐本新古今和歌集」を作成した。後鳥羽院は、生涯この集に、深い思い入れを持ち続けていたのである。

2　新古今和歌集の構成と配列

新古今和歌集は、万葉集以後の時代に詠まれた歌の中から、約二千首を選んで収録している。ただし、古今和歌集から千載和歌集までの七つの勅撰和歌集に載る歌は、重複を避けるために除外されている。

また、古今和歌集と違い、長歌や旋頭歌《せどうか》は含めず、短歌形式のものだけが選ばれている。物名《もののな》のような言葉遊びの歌や、誹諧《はいかい》のような戯れの歌も除かれている。

全体の構成は、巻頭に藤原親経《ふじわらのちかつね》執筆の真名序（漢文の序文）と、藤原良経執筆の仮名序（和文の序文）を置き、以下、春（上下）・夏・秋（上下）・冬・賀・哀傷・離別・羇旅《きりよ》・恋（一―五）・雑《ぞう》（上中下）・神祇《じんぎ》・釈教《しやつきよう》の二十巻から成る。四季の巻には、季節ごとの風物を詠んだ歌がまとめられている。季節の進行順に歌を並べ、春と秋を上下二巻にしているが、これはどちらも、古今和歌集にならった構成である。

ただ、古今和歌集と比べると、春の歌より秋の歌が圧倒的に多く、また夏の歌より冬の歌が多くなっている。この点は、新古今和歌集の持つ大きな特徴である。

続く賀の巻には、天皇の治世を讃《たた》える歌や、長寿を祝う歌などの、お祝いの歌が収められている。これに対し、哀傷の巻には、主君や肉親などの、人の死を悲しむ歌が集められている。喜びの巻と悲しみの巻を、対比して並べているのである。

次の離別の巻には、人との別れの際に詠まれた歌が、羇旅の巻には、旅先で詠まれた歌が収められている。離別と羇旅は、送る側と旅行く側という点で、セットになる巻である。

ここまでが前半の十巻である。後半の十巻は、恋の歌から始まる。

新古今和歌集の恋の巻も、古今和歌集以来の伝統に従い、その進行順に歌が並べられている。男が思いを告白する恋の初めの歌、恋が成就した翌朝の後朝《きぬぎぬ》の歌、男の訪れが遠のいたことを嘆く女の歌、そして破局した恋の歌へと、恋の諸相がつぶさに展開してゆくのである。

続く雑《ぞう》の巻には、他の部立てには収まりきらない、様々なテーマの歌が集められている。四季にちなんだ雑の歌や、都の外での感慨を詠んだ歌、老いや不遇を嘆く歌などが中心である。

次の神祇《じんぎ》の巻には、神が詠んだ歌、神に対して祈りを捧げた歌などが集められ、釈《しゃっ》教《きょう》の巻には、仏や菩薩が詠んだ歌、経典の教えを詠んだ歌などがまとめられている。神祇と釈教は、神と仏とで一対になる巻である。

この二つの部立てを一巻ずつに独立させたのは、新古今和歌集より一つ前の勅撰和歌集である、千載和歌集《せんざいわかしゅう》が最初である。宗教的な世界への関心が高まった、この時代ならではの構成といえる。

歌の配列（並べ方）についても、新古今和歌集には細かな配慮が見られる。素材や詞のつながりだけでなく、作者の活躍した時代をも組み合わせて、重層的に歌を並べているのである。本来は別々の時に詠まれた歌が、どのような方針で並べられているのか。そして、並べられることによって、どのような効果を発揮しているのか。そうした配列の妙味を味わうことも、新古今和歌集を読む楽しさの一つであろう。

本書は一部の歌しか取り上げていないので、配列の魅力については、ほとんど触れることができなかった。ぜひ一度、全部の歌を収録した新古今和歌集を手にとって、配列を読む楽しさも味わってもらいたいと思う。

3　新古今和歌集の歌風

新古今和歌集には、万葉集以後の、色々な時代に詠まれた和歌が収められている。だから、その歌風も決して一様ではない。しかし、やはり中心をなすのは、後鳥羽院の歌壇で活躍した人々の作品である。古い時代の歌にしても、後鳥羽院や撰者達の美的基準をクリアしたもののみが、厳選されているのである。

いわゆる新古今歌風の核心をなす作品は、共通した理念と方法とによって作り出されている。それを一言でいえば、古典主義ということになる。

その中心人物だった藤原定家は、次のように述べている。

詞《ことば》は古《ふる》きを慕《した》ひ、心《こころ》は新《あたら》しきを求《もと》め、及《およ》ばぬ高《たか》き姿《すがた》を願《ねが》ひて、寛平以往《かんぺいいおう》の歌《うた》に習《なら》はば、自《おの》づから宜《よろ》しきことも、などか侍《はべ》らざらむ。

(歌に用いる詞は古典的歌語を尊重し、表現内容はまだ詠まれたことがない世界をとらえようとし、優れた理想的表現を求めて、宇多天皇の時代以前の歌風を学ぼうとするならば、自然と優れた歌が生まれてくるものです。）

伝統的な歌の詞を使って、新しい内容を表現すること。それが、この時代の人々に共通した古典主義の考え方であった。

しかし、古い詞で新しい内容を表現するのは、決して易しいことではなかった。歌人達は、この難問を克服するために、様々な技法を編み出していった。例えば、句切れの多用や体言止めであり、隠喩《いんゆ》や擬人法《ぎじんほう》の複雑な組み合わせであり、常識を超える意表をついた詞の続け方などである。

それらの中でも、最も効果的とされた技法が、本歌取り（および本説取り）であった（↓コラム「本歌取り」49頁）。定家は本歌取りについて、次のように述べている。

古《ふる》きをこひねがふにとりて、昔《むかし》の歌《うた》の詞《ことば》を改《あらた》めず詠《よ》み据《す》ゑたるを、すなはち本歌《ほんか》とすと申《まう》すなり。

（古典的な歌の詞を理想とするということから、古歌の詞をそのまま新しい歌の中に詠み込む表現方法を、「本歌とする」と申します。）

詞は古く、心は新しく。万葉集とも古今和歌集とも異なる新古今和歌集独自の歌風は、この命題への答えとして生み出されたものなのである。

4 新古今和歌集の享受と影響

藤原定家の孫の代になると、家が三つに分裂して、歌道の家元の地位を激しく争うようになった。

そのうち、京極家《きょうごくけ》とその一派は、玉葉和歌集《ぎょくようわかしゅう》と風雅和歌集《ふうがわかしゅう》という、二つの勅撰和歌集を成立させた。これら二集には、新古今的な要素がかなりたくさん取り入れられている。また、冷泉家《れいぜいけ》の教えを受けた正徹《しょうてつ》という歌人は、定家の歌風への絶対的な崇拝を表明している。

一方、嫡流の二条家は、新古今和歌集を尊重はするが、進んで学ぶべきではないと教えた。新古今的な歌を作るには、高い技術と教養が要求されるので、万人向けではないと考えたのである。中世で主流だったのは、むしろこちらの立場である。

新古今和歌集の影響は、どちらかといえば、和歌以外のジャンルに著しい。連歌師達は、みな新古今和歌集に深い共感を示しているし、能楽・茶道・華道・香道などの中世芸能も、多かれ少なかれ、新古今的な美的理念の影響を受けているのである。

近世になると、国学者の本居宣長《もとおりのりなが》が新古今和歌集に傾倒し、注釈書や歌論書を著した。そればかりか、彼は実際に新古今風の歌まで作っている。万葉集を尊重した師匠の賀茂真淵《かものまぶち》は、こうした弟子の振る舞いに注意を与えたが、宣長の態度が改まることはなかった。

近代には、与謝野晶子・北原白秋・吉井勇《いさむ》・立原道造《みちぞう》などの歌人や詩人が、新古今和歌集のロマンチックな世界を愛し、その影響を感じさせる作品を生み出している。

現代でも、塚本邦雄や馬場あき子など、新古今的なものを積極的に取り入れようとする作家は少なくない。また、ポストモダンの文学理論との関わりで、本歌取りを始めとした新古今和歌集の方法論にも、あらためて関心が向けられるようになっている。

5　参考文献

図書館や書店で簡単に入手できるものから、専門性の高いものまで、代表的な注釈書を挙げておく。

『完本新古今和歌集評釈』窪田空穂　東京堂出版
『新古今和歌集全評釈』久保田淳　講談社
新潮日本古典集成『新古今和歌集』久保田淳　新潮社
新日本古典文学大系『新古今和歌集』田中裕・赤瀬信吾　岩波書店

新編日本古典文学全集『新古今和歌集』峯村文人　小学館
角川ソフィア文庫『新古今和歌集』久保田淳　角川学芸出版
また、和歌の詞や歌枕などを調べるために、次のような辞典が出版されている。
『歌ことば歌枕大辞典』久保田淳・馬場あき子編　角川書店
『歌枕歌ことば辞典　増訂版』片桐洋一　笠間書院
『和歌植物表現辞典』平田喜信・身﨑壽　東京堂出版
こうした注釈書や辞典を利用して、ぜひとも自分なりに『新古今和歌集』を読んでみてもらいたいと思う。

付録

和歌初句索引

本書掲載の和歌の初句（同一の場合はわかるところまで）を五十音順で示した。数字はページを表す。

あ

い

う

お

ビギナーズ・クラシックス 日本《にほん》の古典《こてん》

新古今和歌集《しんこきんわかしゅう》

小林大輔《こばやしだいすけ》＝編

平成19年 10月25日　初版発行
令和7年 10月30日　23版発行

発行者●山下直久

発行●株式会社KADOKAWA
〒102-8177　東京都千代田区富士見2-13-3
電話　0570-002-301（ナビダイヤル）

角川文庫 14899

印刷所●株式会社KADOKAWA
製本所●株式会社KADOKAWA

表紙画●和田三造

ISBN978-4-04-357421-6　C0192

◆◇◇

角川文庫発刊に際して

角川源義

第二次世界大戦の敗北は、軍事力の敗北であった以上に、私たちの若い文化力の敗退であった。私たちの文化が戦争に対して如何に無力であり、単なるあだ花に過ぎなかったかを、私たちは身を以て体験し痛感した。西洋近代文化の摂取にとって、明治以後八十年の歳月は決して短かすぎたとは言えない。にもかかわらず、近代文化の伝統を確立し、自由な批判と柔軟な良識に富む文化層として自らを形成することに私たちは失敗して来た。そしてこれは、各層への文化の普及滲透を任務とする出版人の責任でもあった。

一九四五年以来、私たちは再び振出しに戻り、第一歩から踏み出すことを余儀なくされた。これは大きな不幸ではあるが、反面、これまでの混沌・未熟・歪曲の中にあった我が国の文化に秩序と確たる基礎を齎らすためには絶好の機会でもある。角川書店は、このような祖国の文化的危機にあたり、微力をも顧みず再建の礎石たるべき抱負と決意とをもって出発したが、ここに創立以来の念願を果すべく角川文庫を発刊する。これまで刊行されたあらゆる全集叢書文庫類の長所と短所とを検討し、古今東西の不朽の典籍を、良心的編集のもとに、廉価に、そして書架にふさわしい美本として、多くのひとびとに提供しようとする。しかし私たちは徒らに百科全書的な知識のジレッタントを作ることを目的とせず、あくまで祖国の文化に秩序と再建への道を示し、この文庫を角川書店の栄ある事業として、今後永久に継続発展せしめ、学芸と教養との殿堂として大成せんことを期したい。多くの読書子の愛情ある忠言と支持とによって、この希望と抱負とを完遂せしめられんことを願う。

一九四九年五月三日